かにみそ

倉狩聰

蟹膏

高詹燦 譯

真正的恐怖

作家／陳柏青

恐怖是需要政黨輪替的。怕久了也會慣，「習慣」是恐怖最大的敵人。恐怖小說讀者是世界上最挑剔的選民，容易變心，不甘寂寞。需要刺激，無法滿足。這樣看來，倉狩聰像是代表「恐怖」的刺客，斜裡殺出，我覺得那是恐怖的復甦。

他寫已知，在離我們生活很近的地方，卻透露出一種異常感。

他寫未知，越寫，越看透，在裡頭發現很像自己的部分。

有時我覺得，恐怖，是從自己中發現非人的部分。有時我則覺得，真正的恐怖，是在非人的描繪裡，發現自己在其中。

而他都做到了。那麼輕，那麼輕易，因為很貼近自己，才感到害怕。為自己面對的感到害怕。又害怕面對自己。

他筆下是我們這個年代，真真正正的怪物。

如果我能對恐怖進行一場大選，我想把我全部的選擇都投給他。

人性直接的寫照

金鐘獎最佳女配角／溫貞菱

「……在這種地方……可以嗎？」

螃蟹害羞的問著。

倉狩聰讓筆下的人物、動物產生無可比擬的特殊情感，

飢腸轆轆促使生命的爆發。

一本看似懸疑、充滿幻想的小說，卻又層次分明，諷刺、黑暗，

其實是人性直接的寫照。

[目錄]

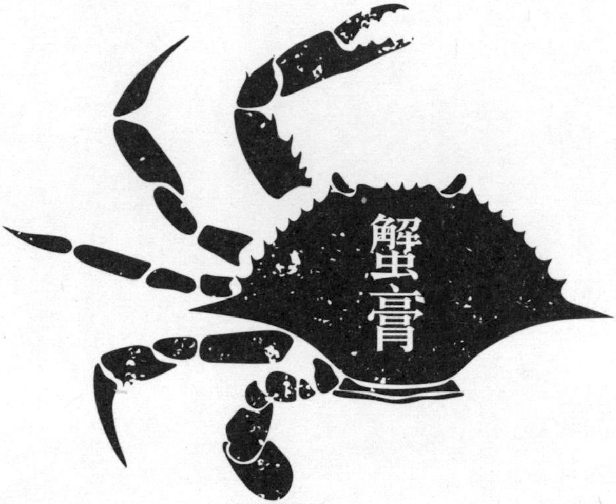
蟹膏

在流星雨通過的翌晨，我在垃圾與海藻散亂一地的海邊發現了螃蟹。

一隻小小的螃蟹。

對港町長大的我來說，螃蟹是一種司空見慣的小生物，但是牠右側由上數下來的第二隻腳斷了，還有牠以纖瘦的蟹螯一味地將沙子送入口中的模樣，莫名地吸引我。

螃蟹的嘴，是左右對稱的結構。

牠們的嘴可做出無比靈敏、複雜的動作，遠非人類所能比。上頭長滿了褐色的毛。每次螃蟹將沙子送入口中，便會發出沙沙的聲響，並為之顫動。接著沙子會化為丸子狀，從嘴巴上方滾出。

定睛細看後發現，才短短幾分鐘的光景，牠已被沙球團團包圍。

螃蟹看起來像靜止不動，但其實每次都會移動數毫米，我幾乎可說是覆在螃蟹上頭觀察牠。

這時，螃蟹陡然停止動作。

牠沒有感情的複眼，感覺就像在凝視著我。應該是我在觀察牠，但現在感覺像是牠反過來觀察我。

就算我把臉貼近，牠也不逃。即便伸手摸牠，也一樣不逃。

也許是已達到忘我的境界，螃蟹一動也不動。耳邊只傳來浪潮的喧鬧聲。在橘色的朝霞下，這隻節肢動物堅硬的背殼，看起來是如此崇高，不容侵犯。

我朝螃蟹伸出手。本以為牠不可能會爬進我手中，但牠竟然毫不遲疑，以很自然的動作爬進我掌中。那宛如橢圓形珠子般濡溼光滑的黑眼珠，帶有幾分可愛。像在看著什麼，也像什麼都沒看。

我小心翼翼地將螃蟹放在手中，帶回家裡。覺得自己撿到了一個有趣的東西，同時也覺得自己做了一件無聊的事。

*

返抵家中時，我父母已外出工作。我父母都在上班，早上七點半出門，晚上都固定在七點回來到家。

我剛好與勤奮認真的父母相反，前前後後換過許多工作，現在賦閒在家。父母勸我別在晚上出外遊蕩，我聽從他們的勸告，改在我就寢前的清晨四處閒逛，這已成了我的習慣。

我父母生性良善。在這惡行充斥、令人痛苦的世界，他們為何還能保有其善性，我實在百思不解。

一撿獲失物馬上送交警局，見路旁有腳踏車翻倒，會加以扶正立好，見別人有困難，便會主動向前關切，傾全力相助。在購物的途中，被不認識的人叫住，對他們發牢騷，他們也始終微笑以對，直到對方說夠了為止。他們彷彿很理所當然地具有這樣的親切感。而我則完全沒遺傳到他們的優點，有時夜裡會因為這樣的想法而感到鬱鬱寡歡。

對我這個一再換工作的兒子，他們從沒說過半句責罵的話。「我們知道你很努力，別心急，慢慢找你想做的工作吧」，就像照顧幼雛的母鳥般，展現出雍容氣度。

的確，我也不是不努力，但也稱不上卯足全力。

如果換作我是父母，一定很討厭像我這樣的孩子。摸不透腦袋裡在想些什麼，高興的時候就工作，不高興的時候就在家裡打混，一個平庸無奇的二十多歲青年。

為了替螃蟹準備住處，我把房間裡魚缸內的東西全部往庭院倒，在浴室裡加以刷洗。可能是已有好一段時日沒清理魚缸，魚缸內布滿青苔，摸起來又黏又滑。

那些五顏六色的熱帶魚，此刻可能正在庭院的土地上痛苦地彈跳著。一想到這裡，頓時有股陰沉的笑意湧現心頭。就像個精神不正常的人，望著蠟燭搖曳的燭火，想像著它散發出紅豔的火光，將人們以及屋舍燒毀的模樣，獨自沉浸在這樣的喜悅中。

那些逐漸死去的熱帶魚當中，有的是我多方找尋、好不容易才得到的珍貴魚種，但一旦到手，我那份執著馬上退去。此時待在臉盆裡，宛如在冥想般動也不動的螃蟹，遠比牠們更有魅力。

朝魚缸裡放入沙子和少許海水後，我將螃蟹安置其中，擺在房間裡。螃蟹一開始似乎靜不下來，模樣慌張，但不久後牠便習慣了，開始靜靜地做起了沙球。不時會口中吐著泡沫，專心地將沙子送入口中。久未這樣勞動，我感到一股舒暢的疲勞，就此走進廚房。

朝事先買好的碗麵注入熱水，等候五分鐘。這段時間裡，我朝冰箱內瞄了一眼。不知是因為母親的個性不太會在冰箱裡堆放食物，還是又剛好正值月底，裡頭沒有什麼看起來比較起眼的食材。

我朝熱氣直冒的泡麵裡撒上七味粉，蓋上蓋子。泡麵的配菜，是之前忘在碗櫃角落的魚肉香腸以及冰碳酸飲料。我向來不在乎會不會營養不均或是鹽分攝取過多。只要能填飽肚子就行了，對食物提出更多的要求，實在是很沒意義的事。

當我把小餐桌搬進房間時，驀然間，我感受到一股奇異的視線。那是沉默中帶有千言萬語的視線。我不經意地望向先前搬進來的魚缸。

我為之愕然。

我到廚房才短短十幾分鐘的時間。在如此短暫的時間裡，螃蟹已在魚缸內堆滿了沙球。

若要比喻的話，就像是成群越冬的瓢蟲。放置兩個星期的寒天培養基裡長出的黴菌菌落。就像那樣，布滿這長方形空間的無數球體。駭人的畫面。

是這全長約五公分的螃蟹，在容許的行動範圍內毫無遺漏地走遍每個角落尋求食物的結果。螃蟹以凸出的複眼望著我，隔著壓克力牆抬起蟹螯。

我連平時理應會無意識打開的電視也沒開，一直斜眼望著螃蟹用餐。我在吃麵時，盡可能不發出聲音。在明顯飢腸轆轆的螃蟹面前，刻意吃給牠看，感覺有點過意不去。

螃蟹就像在揮動示威旗幟般，一再抬起雙螯。看起來像是為了向我表示牠的想法而揮手。接著牠就像突然想到似地，將沙球拉向身旁，專注地將底下的沙子送入口中。只過濾擷取當中的有機物，將不要的沙子做成沙球吐出。

一開始感覺牠似乎沒必要一定得把沙做成沙球，但後來我明白，做成丸子狀的沙，就表示它裡頭已經沒有食物。乍看像是多此一舉，但其實是很有效率的做法。這小生物也有其聰明的本能。

可能是注意到我的視線，螃蟹再次激烈地揮動蟹螯。動作之猛烈，就像在說，即使雙螯就此脫落也無妨。我吃完泡麵，吁了口氣後，覺得不能再繼續這樣坐視不管。那雙理應不帶情感的眼睛，正注視著我手邊的東西。我低頭望向剛打開包裝的魚肉香腸。

「……要我給你是嗎？」

明明不可能和牠溝通，但我還是不由自主地講出這句話來。

螃蟹就像在表示同意般，更用力地揮動著蟹螯，我頓時興起一股惡作劇的心理。牠應該不適合吃這種東西，但試一下無妨。我抱持姑且一試的心態，咬下一口魚肉香腸，丟進魚缸裡。

螃蟹宛如已期盼良久，直接就撲向香腸。張開牠折疊的嘴巴，賣力地咀嚼那粉紅色的肉塊。不久，就像沙球一樣，牠吐出一團原本是魚肉香腸的東西。顏色比原本的粉紅色還淡的肉球。螃蟹揮動著蟹螯，彷彿在說牠還沒吃夠。

難道這傢伙是雜食性？

我拿起錢包，衝出房外。

我衝進騎自行車約十分鐘車程的一家常去的超商，陸續將食物放進購物籃裡。有蘋果、紅蘿蔔、洋蔥、青椒、鷹爪辣椒、木棉豆腐、黑輪、雞腿肉、兩袋仍貼有半價標籤的小竹莢魚。連特價的衛生紙也一併買了，因為我想到庫存的衛生紙已所剩不多。

像這樣的細心舉動，能讓日常生活變得更好過。父母往往都會努力找出自己孩子的優點。只要能讓他們覺得，我雖然在家無所事事，但還是會關心在外工作的母親，是個溫柔的孩子，這對彼此的精神層面都有所助益。

採買完返家後，樓上傳來「叩叩」的聲響。聲音很輕細，本以為是小偷闖入，但若真是這樣，小偷應該會小心不發出聲音，一發現門在開關時會發出聲音，就會停止動作才對。

發出聲音的，果然是那隻螃蟹。牠一認出是我，馬上像發狂似地從沙地上躍起。從我撿到牠到現在，也才只經過幾小時之久，會有如此誇張的反應嗎？

我雖然感到納悶，但面對這隻想和我溝通的生物，我很快便湧現一股慈愛之情。我不好意思讓牠再等，但刻意到廚房切肉也是件麻煩事，於是我將整片雞腿肉丟進魚缸裡。

當時螃蟹敏捷的動作令人驚訝！

牠的動作簡直就像蜘蛛。那貪婪地撲向雞肉的模樣，滿是天真無邪的歡愉。展現出牠原始的行為，以及原本的樣貌。

那左右對稱的嘴將雞肉扯碎，吸取當中的營養，微微發出聲響。營養肯定就溶於水中。證據就是螃蟹吸取過的雞肉殘渣，以丸子的形態吐出後，變得乾巴巴的，沒什麼水分含量。

螃蟹的食欲驚人。三十分鐘後，雞肉全變成了肉球。之後我丟了一隻小竹莢魚，接著又丟了一隻，螃蟹一隻接一隻地吃個不停。我將整袋竹莢魚全給了牠後，覺得有點可怕，這才停止餵食。螃蟹仍揮動著蟹螯，像在問我「已經沒了嗎」。

我試著餵牠豆腐，牠咬了一口後，把臉轉向一旁，似乎不愛吃。最後牠用腳蹬地，把眼睛收進蟹殼的溝槽裡。

「什麼嘛，豆腐很好吃耶。就算不合你的胃口，也不該擺出這種態度吧。」一

我笑著對螃蟹說。牠就只有一度抬起右眼，也不知道是覺得滿意，還是就此死心，只見牠弓起腳，坐在沙地上。蟹殼微微上下擺動，看起來像是已沉沉入睡。我小心

不打擾牠睡眠，輕輕收拾起散落四周的肉球。

明天再到海邊去幫牠準備乾淨的海沙吧。

難得我會感到心情愉悅。為了不易照料的寵物忙碌，對閒人來說是最適合用來打發時間的方式。我開心地走進廚房，正準備將肉球丟進餿水桶時，猛然想到。

「這東西不能吃嗎？」

當天晚上，擺在我家餐桌上的菜餚，是肉丸子燴菜和醋醃竹莢魚。

把螃蟹吃過的雞腿肉殘骸擺上餐桌，這件事我父母當然不知道。

為了補充雞肉流失的水分，我以豆腐一起攪拌後放進油鍋炸。我父母說，這道菜雖然味道清淡，但還挺可口的，吃得相當開心。至於我，則只吃醋醃竹莢魚，肉丸子一概不碰。

吃完晚餐，回到自己房間後，我觀察那隻螃蟹。

凹凸起伏的紫褐色甲殼，折疊的小腳。牠少了右側上方數下來的第二隻腳，根部有個象牙色的凹洞。光滑的凹陷深處呈漏斗狀，有個通往體內的孔洞。

我暗自想像，要是用牙籤往那個洞裡挖，應該會滲出透明的液體，想到這裡便覺得有點心癢難耐。就像小時候扯斷昆蟲的腳來玩一樣。雖然沒實際這麼做，但我很想試試。

螃蟹收起複眼，睡得很沉。我輕戳牠一下，牠馬上豎起眼睛，但旋即又意興闌珊地縮回甲殼裡。想睡覺時的態度，萬物都一樣。牠動了一下蟹腳後，再次進入夢鄉。

我當真撿到一個有趣的東西，看來有好一陣子不會覺得無聊了。不過，等過了幾週，一定就會膩了。我很清楚自己這種容易厭膩的冷漠個性。等玩膩了再放回大海，或是將牠支解就行了。

我明明沒膽殺害身上流著紅色鮮血的生物，腦子卻還想著這種事。

飼養生物的這種行為背後，其實存在著一種支配欲，以及隨時都能取其性命的自負。至少我就是這樣。就算反抗，我也一定贏得了的動物，是我唯一會飼養的類型。就像表面溼滑，沒有牙齒的魚一樣，那些與容易支解的昆蟲很類似的生物，我隨時都能令牠們屈服。只要一腳踩下便一命嗚呼，無比弱小的生物。我看準了自己不可能會對這種生物產生感情。

我花了一段時間才發現自己這種想法是錯的。

＊

螃蟹愈長愈大。

兩個月內三度脫殼，每次都會有幾公分的成長。不久，牠那被扯斷的腳關節處留下的美麗凹窩，已形成顏色與甲殼相近的小肉瘤。

起初我懷疑那是惡性腫瘤，或是類似寄生在蟬身上的菌類，是什麼不好的東西，但仔細查看後得知，牠正在長出新的腳。這隻螃蟹一切無恙，正穩健地成長中。

唯一教人納悶的，是牠的體型有時會像氣球似地變大一倍以上，但隨後又像洩氣般恢復原狀。

我之前不曾與甲殼類生物一同生活，所以不懂是什麼原因造就這樣的情形。身為地球上的生命體，自然會有一些不太自然的行為，而且牠是暗藏著未知可能性的海中生物，應該會有許多以我所知的常理所無法推測的事，所以我沒將這種事放在心上。

倒不如說，每次只要發生超出我常識範疇的事，我對螃蟹的執著便會多增加一分。螃蟹一樣揮動著蟹螯，明確向我表達牠的想法。以牠所能展現的動作，時而表達喜悅，時而表達不滿。

打掃時，我朝牠叫喚一聲，牠便直接爬到我手上。而當我在浴缸裡清洗魚缸時，牠會乖乖地待在臉盆裡吐泡泡。起初牠對蓮蓬頭的聲音會做出吃驚的反應，但很快就習慣了。

「回去吧」，我喚了一聲，這時牠會先抬起蟹螯，然後又縮回折好。毫不遲疑地橫著走進我伸出的手掌中。看牠這個樣子，我甚至心想，要是投稿寵物節目，搞不好會入選呢。

說來也奇怪，這隻螃蟹對於電視、電話、組合音響這類會發出聲音的機械，似乎特別偏愛。每次我一放音樂，牠就會配合聲音微微揮動蟹螯。但每次我發現動靜望向牠時，牠就像覺得尷尬般，馬上停止揮動。

也許哪天真的能和牠溝通呢。不，牠已經擁有自己的想法，而且正在觀察我，不是嗎？

有種分不清是不安還是期待的感覺，在我腦中閃過。我試著輕敲魚缸，結果牠也以同樣的數目回敲。我敲五次，牠就敲五次，我敲八次，牠就敲八次。我反覆試了幾次，牠都以驚人的準確率回敲。我覺得可怕，就此停手。這時，螃蟹也像失去興趣般，離開魚缸壁面，再次配合音樂揮動起蟹螯。我隱隱覺得從某處傳來有人哼歌的聲音。我與螃蟹的生活就這樣奇妙且愉快地持續著。

開始飼養螃蟹後，我的生活有了一些改變。

其中最大的改變，就是我從過去的夜間型生活，變成白天型生活（不過還稱不上晨間型）。這是因為我為了滿足螃蟹旺盛的食欲，而投入派遣工作。

一週工作五天，從下午一點到晚上九點的體力勞動工作。憑我過去的經驗，我明白自己無法從事知識性的工作。

之前我從事時薪還不錯的電訪員工作時，因為上司緊迫盯人的態度，令我神經耗弱，同時面對想要早早掛斷電話的客人，總要努力用花言巧語來矇騙他們。與拚了命賺獎金的同事相互競爭，終日面對那宛如養雞場隔間般的辦公桌。

如果換來的是這種感覺，那麼，肉體的勞動工作反而還比較適合我。冷凍倉庫裡的工作，雖然肉體感到寒冷，但內心卻不覺得冷。

螃蟹的食欲確實好得嚇人。隨著牠體型變大，食量也跟著增加，這也是沒辦法的事，現在牠已長達十五公分，輕輕鬆鬆就將兩片雞胸肉、十幾隻大尾沙丁魚、一袋魚漿一掃而空。之前我瞞著父母從冰箱裡偷拿來的食材，終究還是不敷使用。

螃蟹幾乎什麼都吃，實在驚人，但牠似乎還是排斥吃豆腐或豆類，不過蔬菜、剩菜、白米，牠一概都吃，而且不問口味濃淡。我家製造出的餿水量足足減少了五分之一。

母親看我家事做得比過去都還要勤奮，對我投以懷疑的眼光。

「你是不是瞞著媽做什麼事？」

如果我經她這麼一問，便表現出驚訝貌，很容易便掌握住我的心思，那我父母可就幸運多了。我停下淘米的動作，以不勝其擾的表情回答：

「如果我有事瞞著你們的話，早就搬出去住了。這麼小的屋子，還有什麼可以隱瞞的？」

我生性樂天的父親，以鬆了口氣的口吻說道「說得也是」。沒錯，這是個四房一廚一廳，平凡無奇的兩層樓房。如果有秘密，那就得藏好。要是沒先想好上百個藉口，豈能將秘密帶進房間裡？

「搬出去住是吧。說得也是，你都這個年紀了。我要是沒這樣的自覺還真不行呢。」

母親眼中泛起一股難以言喻的情感。「妳大可不必挑我說的話作文章。」我苦笑著含混帶過，但他們兩人都顯得悶悶不樂。

我小時候他們不時會用這種眼神看我。大多是我因為一點小事而發脾氣，或是心情不好而板著臉孔的時候。

小孩子不開心，一般大人都不會放在心上。孩子那些幼稚且微不足道的情緒反應，一般人往往都淡然視之，心想『在他往後漫長的人生，這種情況應該會很常有吧』。

但我父母可不是這樣。每當我像仙女棒一樣怒火勃發時，父親總會把我架在肩上或是拿玩具哄我開心，母親則是不發一語，靜靜等到我情緒冷靜為止。他們始終都以無比認真的態度待我，不曾從我身上移開目光，置之不理。

對父母來說，獨生子想必很不好伺候吧。每次看到他們情緒起伏或是有所顧忌的反應，我總是如坐針氈。我小時候就常想，要是他們能像別的父母一樣，動不動就大聲咆哮，情緒來了就動手打人，那不知道該有多好。

我們這樣的關係，要是一旦出現裂痕，恐怕便會崩毀，再也無從修復。一想到這裡就覺得很可怕。

我就和那隻螃蟹一樣。戰戰兢兢地在這個像魚缸般的小房子裡來回踱步。父母則是飼主，養了一隻和他們八字不合的生物。

「你如果想搬出去的話，那也可以。到時候還可以當我們夫婦吵架時的暫時避難所。」

母親若無其事地說道。她說話的口吻是如此優雅，令我為之瞠目。

為了再次淘米，我轉開水龍頭。清水混進白濁的洗米水中，形成渦漩。母親望著我手上的動作，接著又補上一句。

「對了，你房間的電視一直開著呢。今天這已是第三次了。你是不是太累了？」

咦，我發出一聲驚呼。

之前不管我晚上回家再怎麼疲憊，也不曾開著電視就這麼睡著。更何況是出門時，忘了聲光效果如此強烈的電器用品的存在，怎麼可能會有這種事。雖然不敢說完全沒這個可能，但機率極低。

不可能——這句話我說到一半，旋即噤聲。最近確實接連有怪事發生。

早上起床時，原本吃一半擺在桌上的甜點突然平空消失，書架上的雜誌擺設也變了，理應充滿電的手機電池竟然電量減少，收放在抽屜裡的文具配置改變。

這都是些微不足道的怪事，也可以單純看作是我自己誤會。但當中最古怪的，就屬母親剛才點出的電視這件事。

我向來都將電視音量設在中間。半夜時會將聲音調小，或是戴上耳機，但如果音量調低到某個程度，我就不會有看電視的感覺。而幾天前我打工結束返家，打開電視時，發現螢幕上藝人的聲音幾乎聽不見。

原來音量調得極小，得湊在電視機前才勉強聽得出電視裡的人物在說些什麼。不用看也知道，這已改為最小音量的設定。我對這種現象感到詭異，但一時也沒放在心上。

怎麼可能有這種事？這是我第一個浮現的念頭。接著我心想，會是誰做的呢？家裡不可能有人會做這種無聊的惡作劇。

如果這不單只是個無聊的行為呢？

我腦中閃過的，是持續在魚缸裡做沙球的螃蟹。

我若無其事地設定好電子鍋後，衝上樓梯。

「你趁我不在的時候偷看電視是嗎？」

我心想，對一隻不可能回答的螃蟹說話，我還真是胡來。雖然心裡這麼想，但還是忍不住開口說。我以嚴峻的表情貼近魚缸後，螃蟹的複眼往我這邊傾斜，身子整個脹大，大到魚缸都快容納不了的程度，接著把蟹螯搭在魚缸外緣，用力一撐，就此爬出魚缸外。

『嘿嘿，不好意思。不過是看個電視而已，有什麼關係，別那麼小氣嘛。我可是都很小心地躲在床底下，不讓你媽發現呢。啊，對了。床底下滿是塵埃，你偶爾也打掃一下吧。我身上不是很溼滑嗎？這樣我會變得像日本絨螯蟹那樣喔。』

螃蟹就像想到什麼不愉快的事情般，口中吐著泡沫，發起牢騷。床下確實堆積了許多塵埃、毛屑、頭髮，看似螃蟹經過的地方，留有噁心的點點痕跡。

「你別亂來，要是被我家人知道就麻煩了。我爸對螃蟹過敏，我媽則是很怕手腳超過四隻以上的生物。只有我在的時候，你才能看電視。」

如果牠是人類，這應該算是眉毛上挑的動作，只見螃蟹微微挑動左眼，誇張地嘆了口氣。

『真拿你沒辦法，我知道啦……那麼，至少讓我看深夜節目總行了吧？有個節目我很感興趣。』

竟然有這樣的螃蟹。我一屁股坐向地板。

真有意思，我撿到了一個特別的東西。螃蟹開口說話的事，我並沒有多吃驚。不過，就算這世界再大，會看電視的螃蟹大概也就只有牠了吧。

「……要看節目欄嗎？」

面對我的提議，螃蟹很高興，蟹螯發出聲響。咦，你是指報紙嗎？我一直很想看呢。報紙這東西相當博學。於是我下樓來到客廳，向父親要報紙。

「你要看報紙？還真是難得呢。看來要下紅雨了。」

父親悠哉地說道，將看到一半的報紙遞給了我，不顯一絲不悅之色。

待會兒要還你嗎？

不用了，我有體育報。

母親聽聞我們的對話，馬上在一旁插話。

明明已訂了報，為什麼還要買別的報紙？而且是那種情色報紙。

面對語帶不滿的母親，父親理直氣壯地應道。

請說那是體育報好嗎，又不全然都是情色內容。我們家沒訂晚報，所以我才要取得當天的最新資訊啊。

這樣的對話不知反覆了幾次。他們夫婦倆的對話總是類似的內容，沒半點深度。不過，這也算是一種溝通吧。我低聲道「如果要吸收最新資訊，上網是最快的辦法」。我父母說了一句「說得也是」，就此相視而笑。

螃蟹一接過報紙，便開始貪婪地閱讀。以蟹螯俐落地夾起報紙，以其他腳按住其他部分，輕聲地翻開報紙。

「你是螃蟹，看得懂字嗎？」

面對這很自然的提問，螃蟹回以冷笑。以人味十足的動作揮動牠的蟹螯，說著讓人聽了有點反感的話『嘖嘖嘖，別拿我跟其他螃蟹相提並論好嗎』。

『電視上不是都有字幕嗎？我從上面學會不少字。那個真好用，寫的字和說話內容一模一樣。雖然偶爾會不太一樣，不過像綜藝節目，幾乎都是完全照說話內容寫下。比較傷腦筋的是新聞。為了方便好懂，省略了對話，但這樣對我來說，反而難懂。』

沒想到螃蟹這麼多話。而且說起話來條理分明，比我認識的人都還要厲害。那詼諧的口吻，應該是從搞笑節目中吸收得來的吧。

一旦開口後，再裝乖就沒意思了，螃蟹現在動不動就和我說話。從牠一開始爬到我手上的表現就可以看出，牠的個性很喜歡與人親近。

隔天，螃蟹在魚缸裡以強忍睏意的口吻對我說：

『下次你在出門工作前，就把報紙擱這兒吧。』

我略微躊躇。嗯……因為我父親回來後，都會看報紙。螃蟹聽了後，低垂著觸角說道「那我就看前一天的報紙吧。節目欄就算了」。

可能是因為牠看起來有點可憐，我決定教牠遙控的操作法，以此表達我的歉意。只要按下這個鈕，就會跑出節目表。

螃蟹馬上從魚缸裡爬出，開始專注地操作起遙控器。我只教一次，牠一學就會。真是一隻學習能力超強的螃蟹。我決定再叮囑牠一次。

「那麼，我會留下前一天的報紙。不過電視……」

『只有你在的時候才能看對吧？我知道啦。』

牠以很輕鬆的口吻回道，像在敬禮般，將蟹螯比在眼睛前方。

真是隻有趣的螃蟹。

就這樣，我出門打工前的例行工作又多了一項，就是將前一大的報紙放進房內。自從開始說話後，螃蟹總是毫不客氣地說牠今天想吃什麼，所以只要商品的金額符合預算，我都會盡可能達成牠的期望。我開始仔細清掃房內的各個角落，頻頻出外採買。

雖然要做的事增加，但樂趣也隨之大增。開始與螃蟹說話後，日子過得飛快。

『人類還真是不方便呢。既不會脫殼，也不會在水中呼吸。而且食物都是整個吞進肚裡，所以排出體外的也多。我在電視上常聽說女人因為便秘而如何如何。怎樣都無法排便，應該很痛苦吧。要是能像我這樣只吸取營養就好了，不過你們應該是辦不到才對。』

隔天假日，螃蟹突然這樣說道。就像是深有所感地告訴我一個可以輕鬆解決世界問題的方法。

我忍不住放聲大笑。因為幾天前我女朋友才剛告訴我，她深受便秘所苦。原來如此，如果我告訴她，只要吸取營養就行了，不知道她聽了之後作何表情。

我很慶幸現在不是半夜。如果要和螃蟹聊天，只能在自己獨處的時候。牠很會逗人笑。

建議你們採取像我這樣的吃法。

螃蟹一面說，一面以蟹螯夾起鱈魚起司條，將鱈魚的部分送入口中。乾貨似乎不太容易攝食，只見牠咬了一會兒，思索片刻後，將它放進水中泡至變軟蓬鬆後，才又再度咀嚼。俐落地做出小小的丸子。

螃蟹語帶嘆息地說，帶鹹的食物牠不太愛吃，因為嘴巴會變得硬邦邦。不過，如果是海水的話倒是沒問題。

那改吃這個吧。我遞出切塊的生鮭魚片，螃蟹喜不自勝地敲響著蟹螯。

『真棒，鮭魚就得生吃才對。至於鹹鮭似乎得配白飯才搭。不過我喜歡吃肉。魚雖然也不錯，但還是肉比較好吃。雞肉真的很可口。之前你餵我吃那個叫什麼來著，雞胸肉是嗎？像那種健康的食物也很不錯，但偶爾我也想嚐嚐油脂多一點的肉。』

還真是任性。

不過，每次看螃蟹吃東西的模樣，總令我很開心。牠左右兩旁的顎將食物撕裂碎咬，然後揉成肉球，這一幕我百看不厭，每次都看得很入迷。就像時鐘裡的齒輪般，螃蟹的咀嚼沒半刻停歇。

螃蟹明白我的心理。每當我送來牠想吃的食物，牠便會誇張地展露喜色，巧妙地訴說這東西有多可口。

新鮮的肉觸感彈牙，就像會把兩顎彈開似的。一開始入口嚐到的是甘甜，接著肉香會在口中擴散開來。

身體所需要的，就是甘甜的感覺。不管這東西原本是苦是鹹，最後還是一樣會嚐到甘甜。

啊，不過快腐爛的肉也很好吃喔。因為它已熟成，有種黏稠感。而且聽說這樣胺基酸和甜度都會增加。用力一吸，雖然有種很隨便的味道，但這種挑逗的感覺也很不錯。

螃蟹說得無比陶醉，就像壞女人似地，舌粲蓮花。在牠那宛如數珠般烏黑晶亮的眼中，映照出我的身影，完全被收納其中。每次看到出現在螃蟹眼中的自己，便很懷疑我真正放手，結束這一切的日子是否真會到來。

『怎麼啦？瞧你悶悶不樂的。你都沒好好吃飯吧？這樣不行，不吃飯就會死，這道理不論是用在人類還是我們身上都一樣。只要肚子一餓，絕望感就會增加兩成。所以我們來吃飯吧。你老是吃泡麵，偶爾也該吃點像樣的東西吧。』

你說像樣的東西是什麼？我嚼著鱈魚起司條，回以苦笑。與螃蟹對話真有趣。既然這麼說，那就做個什麼來吃吧。

我們一起來到廚房，在冰箱裡翻找。我將剩下的青菜切絲，做了一盤炒飯，然後分成兩半來吃。從螃蟹口中滾出一團形狀像飯糰的炒飯。一個寧靜的平日午後，陽光無比祥和。

「唉，明天又要工作，真煩人。」

我發著牢騷，想著其實沒那麼令我討厭的工作。螃蟹抬起沾有米粒的蟹螯。

『勞動是很崇高的。因為既可打發時間，又能賺錢。人要是有空閒，就不會想什麼正經事。工作、納稅、教育，是最低限度的義務和尊嚴。沒叫人們要善良，這就是他們厲害之處。如果是我，就會加上這麼一項。雖然這終究只是無謂之舉，但能不能頂著大義的名分這樣說，是心情感受的問題。這麼一來，就能在大義的名分下，一一將那些違背善良本性的政治家都判有罪。哈哈哈。』

牠語帶嘲諷地笑道。

最近螃蟹的自我風格充滿政治批判。之前牠看的全是健康和營養學相關的節目，但後來牠說，老看類似的東西，都看膩了，就此不再看這些節目。

但牠學會的事，總還是不時會在談話中提到。今天牠一樣發揮了牠從新聞評論員那裡學到的知識以及之前累積的知識，說得口沫橫飛。

向來對這世上的資訊不太關心的我，透過螃蟹的說話內容而得知近來的政治情勢以及流行的健康方法。與螃蟹的對話，同時也成為我獲得新著眼點的機會。自從與牠交談後，我陷入一種錯覺，覺得自己慢慢變聰明了。

「要是加上這麼一句話，會被獨裁者隨意濫用，所以才加不得吧？在大義的名分下，一般市民恐怕都會一一被殺害。再說了，善良這種事，要以什麼來評斷呢？世上沒有那麼模糊不明的法律。」

『這不是法律，是國民義務，一般道德。不過你說得對，善良這種模糊不明的規定，確實無法加進義務中。那麼，如果改成向善呢？』

「……還不是一樣。」

牠的話令我吃驚，我嘆了口氣。

『才不一樣呢，有一點點不同。因為所謂的善，指的是正確、符合道德、優秀、巧妙、美好的事。我認為有加上這條規定的價值，讓人們往這樣的方向努力。』

這不就是所謂的大義，重要的大事嗎？人類明明少了它就無法行動。螃蟹說得有點激動。

「道德和義務，會隨著國家、民族、時代的不同而改變。」

螃蟹說的話很有道理，但我不想承認，於是我態度冷淡地一刀劈下，結束這一切。與善的定義相去甚遠的我，覺得自慚形穢，我可不想被螃蟹戳破這點。「真實的話語喪失，破碎的浮雲飛過天際[1]」我如此低語，扒起剩下的炒飯，螃蟹笑著說『那什麼啊』。

螃蟹很常笑。牠擅長將平凡無奇的事說得妙趣橫生，我也常被牠逗笑。牠常說

1. 出自宮澤賢治的《春與修羅》。

「笑有益健康」，然後又一臉認真地說些無關緊要的事。真搞不懂甲殼類動物幹嘛這麼在意健康。

「明天我可能會晚點回來。在出門前，我會幫你準備好許多東西。你有什麼要求嗎？」

『現在還在吃飯，就已經要思考明天的菜色啦？』螃蟹揮動著蟹腳。

這也是沒辦法的事啊，人不吃飯就會死，不是嗎？聽我這麼說，螃蟹開心地晃動牠的觸角。

就是這樣，一點都沒錯。那請幫我買半片[2]，還有香蕉。皮不用剝，直接放進來。要吃的時候，我自己會處理。

我這不像在照顧寵物，反倒像是在照顧年紀差我一大截的弟弟，或是我收養的孩子。

『你說會晚點回來，是要去找女朋友嗎？真好。年紀比你大是吧。姐．姐．教．你，這就是青春對吧？』

螃蟹發出「嘿嘿嘿」的低俗笑聲，我瞥了牠一眼，嘆了口氣。

「年紀較大的女人，才沒有你想得那麼好呢。如果對方是熟女，或許會對我溫柔一點。」

原來不是熟女啊。牠的口吻帶有嘲諷的味道，如果是人類的話，在說這句話時應該會嘴角微微上揚。

我說，你認為我喜歡怎樣的對象？

螃蟹的眼睛朝下，露出思索的模樣說道：

「嗯，應該是喜歡可以信賴、主導意識強的對象吧。換句話說，你缺乏自主性，一切都交由對方決定。會主動向你邀約的人，就是你的菜。」

我被牠說中痛楚，一時啞口無言。

「沒有強烈自我主張，個性溫順的草食男，現在正吃香，好在我生在這個時代。」

螃蟹馬上毫不顧忌地朗聲大笑。

「你這才不叫溫順呢，你只是沒有活力罷了，這就和弱小的動物都比較溫馴是一樣的道理。」

我不懂牠這句話的意思。不過我對螃蟹洞察一切的眼力心存敬畏，決定不予反駁。我將螃蟹送回房間後，就此出門採買。半片、香蕉，以及今晚晚餐的食材。假日轉眼就這麼過了。

想到明天，我不禁又發出一聲長嘆。

2. 以魚漿和山藥泥做成的食品，常切成方形或半月形。

*

隔天，在上班的三十分鐘前，我走進事務所，派遣員工指導員田淵美和連看也沒看我一眼，就以充滿威嚇的聲音說「你早啊」。

長期處在壓力下的人，往往會流露出這種冰冷的口吻。這樣會讓人感到不安，擔心是不是自己哪裡惹對方不高興，不過她應該是沒這個意思。

生性膽小的我，習慣提早到公司。因為我不喜歡打電話到公司說我遲到，這樣我會不知道該說什麼好，變得吞吞吐吐。這麼一來可能會引來不當的揣測，令我感到坐立難安。所以無關乎是否情願，我總是最早到公司。

這麼一來，在其他人到來前，事務所裡必然只有我和田淵兩人。要是都不說話也尷尬，所以我都提醒自己盡可能多說話。保持沉默當然也可以，不過我感覺她雖然像是在默默工作，但其實很在意我的存在，不太自在。

聽說女人一天要是不說上一萬句話，就會囤積壓力。而且感覺言不及義的對話，其實能為彼此的同伴意識升溫。我已事先從螃蟹那裡得到這些知識，所以我極力以自然的態度接近她，與她搭話，表示我沒敵意。

「早安。妳午餐還是只喝罐裝咖啡嗎？」

我盡可能滿懷敬意，以沉穩的口吻與她寒暄。這時田淵突然站起身，眼睛散發著光輝說道「因為我一直都坐著，沒吃也沒關係」。

那是甜得膩人的罐裝咖啡，上頭黃色與暗褐色的條紋讓人聯想到巧克力香蕉。這就是田淵每天的午餐。聽說她不是為了減肥。她像在哼歌似地說道「如果是要減肥，至少也會改成微糖吧」。看別人關心自己，沒人會不開心。她一開始那冷淡的口吻，就像不存在過似的。

站起身的田淵，踩著跳舞般的步伐，按下牆上控制板裡的幾個開關。她從中選了好幾個和燈泡成對的按鈕，毫不猶豫地進行操作。她在我們這些派遣員工聚齊前進行的這項作業，似乎非常重要。可能是注意到我的視線，田淵冷冷地噘起嘴。

「這也沒什麼大不了的。就只是替冷凍庫解鎖而已。其實就算每天都沒關也行，但我還是不自主這麼做。我在這些奇怪的事情上總是特別講究。」

她靦腆地說道。

「真可愛。」

這句話我沒細想就脫口而出，但她不知為何臉泛潮紅，緊緊抱住我胸膛。

「還有三十分鐘。還不會有人來，我們就維持這樣吧？」

她那讓人聯想到西洋貓的鳳眼，大大的眼瞳看起來水汪汪，她以冰冷的手指輕撫我臉頰。

這座設置在地下冷凍庫入口旁，活像是組合屋的管理事務所，空間狹小。由於冷氣從四面八方湧來，終年冷若冰宮。田淵發著牢騷，說她原本算體溫高的人，但自從到這裡工作後，一直都手腳冰冷。

「外面愈來愈熱了，我還出汗呢。」

我順從她的期望，以自己的雙手包覆她冰冷的手，給予溫暖。外頭灑落一地的陽光，感覺不像初夏，氣溫早已超過夏日。她又乾又冷的手，摸起來意外地舒服。

我在一家大食品批發公司的冷凍庫內擔任作業員。離三個月合約屆滿的時間，已剩不到一個月。等合約期滿，我和她的關係也就此結束。想到這裡，我便覺得自己大可對她展現一點溫柔。

之前也是這樣，每換一個工作地點，我就會換一個交往對象。我並不是很有女人緣，就只是剛好遇上波長吻合的對象，彼此打量過對方後，看得上眼，就此一拍即合，一起用餐、上床。接著很快我便不再感興趣，這樣的關係自然也就結束。在短期雇用期間發生的關係，不會拖泥帶水。

我聊到這件事情時，螃蟹笑著道『就像魚產卵一樣』。有道理。雄魚和雌魚在邂逅後交尾或產卵，結束後就像什麼事也沒發生過似地各奔東西，和我們的情況確實頗有雷同。這當中也有會協助育兒的魚，所以不能一概而論，但我沒繼承父母那不離不棄的特質，這點是可以確定的。

「今天會比較忙。某家大型超商客戶不是要提早開店嗎？他們好像要舉辦冷凍食品特賣，提出希望在今天完成進貨的要求。在五點前要完成貨物裝載，庫存貨的搬運也預定在今天內完成。我也會告訴其他人，那就有勞你了。」

遵命，女王陛下。

我開玩笑地說道，就此把手移開。她可能是還覺得冷，很不甘願地噘起嘴。

離上班時間還有二十分鐘，眾人就快到了。我迅速換好工作服，坐向擺在長桌前的折疊椅。當我細看寫有今日作業內容的文件時，田淵走近，朝桌上擺了一箱暖暖包。

「今天待在冷凍庫裡的時間會比平時來得長，這給大家一起用吧。」

身為上司的她，每件事都會考量到每個人。中途休息時，她會準備熱咖啡，或是送上厚襪子，對他們說「這很便宜」。

前些日子她甚至還帶來鍋子，以事務所裡的火爐煮了一鍋滑菇味噌湯。大家苦笑著說道「這麼貼心的職場還真少見呢」。話中隱隱傳達出「妳也太雞婆了吧」的含義，但生來就好管閒事的田淵，無法理解這句話中的含義。

田淵坐在事務所內唯一的辦公桌前，面向電腦。我偷瞄她的背影。她可能是注意到我的視線，也斜斜瞄了我一眼。

無言的對話中，帶有些許的攻守進退。有時會嘗到令人酥軟的歡愉，有時則體會到令人討厭的沮喪。

她以視線與我展開對話時，以高明的技巧逗弄我。她會突然移開目光，待我驚訝地追向前，才發現她眼中含笑。遇到這樣的情形時，我總會感到很難為情，心想「唉，真服了她」。有時我會想，要是我能想辦法偷學會這項技巧，我的人生或許就會變得不一樣。

當我微微側頭，結束這場對話後，她也開始敲起了鍵盤。

她不會進冷凍庫。在這間小事務所裡，她整天除了忙著調整冷凍庫內的溫度、管理出貨進貨外，還要管理作業員的輪班工作。維持爐火終日不熄，也是她的工作之一。「有點像南極基地的管理人對吧」，是她愛開的玩笑。

「早安。噢，今天這裡一樣冷呢。」

第二個前來的，是這裡最資深的久米島。

他擦拭著頭皮上的汗珠，吁了口氣道「呼～哎呀呀」。我不經意地望向他脫下浮現汗斑的衣服，迅速換上工作服的模樣。蒼老的後背，浮現許多褐色斑點。

「天愈來愈熱了。梅雨季明明就還沒到呢。這裡最涼快了，真好。」

聽他這麼說，田淵馬上回了一句：

「不過，三十分鐘後你就會被凍僵。」

「那倒是。」

久米島瞇起他那和善的雙眼，展露笑顏。久米島的長女與田淵同年，兩人常一起說笑。

不久，其他派遣員工也陸續到來。有為了還債而大學休學，全力投入工作中的奧園。半年前第三個孩子出世，個性敦厚，但聽說原本是不良少年的三宅。打工重考第二年，說他今天上午才剛參加面試回來，一臉疲態的鹿屋。

「這是田淵小姐慰勞我們的。」

我們一起打開那箱暖暖包。

噢，是腳用的暖暖包呢。太感激了。我腳趾凍得都快斷掉了。眾人紛紛道謝。田淵就只是冷冷地搖手，要我們不用客氣。

「因為今天工作比較吃重，要請你們多多加油了。」

鹿屋那英氣十足的眉毛，頓時垂成窩囊的眉形。他那容易與人親近的率真態度，常引眾人發笑。他常會讓我聯想到螃蟹，不過當然了，他們的外型一點也不像。

「嚇，您可要手下留情啊。」

就這樣，我們完成了工作前的朝會，各自投入工作中。久米島和鹿屋擁有堆高機證照，所以負責在入口附近將其他三人搬來的貨物疊上車。

而年紀最輕的我，通常負責的是最裡頭的工作。穿著長筒雨鞋工作時，感覺得出滲進趾縫間的汗水奪走了體溫。還好有暖暖包的溫熱。

「休息一會兒，到火爐那裡去吧。」

奧園出聲喚道。冷凍庫內是一處只有基本照明的遮蔽空間，會讓人感覺變得遲鈍，不知道自己工作了多久。

「好冷、好冷，我們快走吧。」在這聲催促下，我像木偶般點頭。在連鼻毛也會結凍的寒冷空氣下，我和奧園的聲音化為水氣呼出。

進度如何？嗯，還很難說。這次的數量不是一般的多。要是能早點講就好了。也許要加班趕工呢。什麼，這我沒辦法。我下一個打工是十點開始。

我們一面這樣交談，一面跑向事務所。圍在火爐前的久米島和三宅讓出位子給我們，遞給我們一杯熱茶。我這才又恢復了活力。

「美和，這暖暖包幫了我們一個大忙呢。我老婆也都買這個給我，我很愛用呢。今天一時忘了帶，真的很感謝妳。」

田淵朝這裡快步走近，久米島笑咪咪地對她說道。田淵難為情地嘴角上揚，問他腰的情況怎樣。

久米島已近花甲之年。前幾天運來一整尾大鮪魚時，他想獨自搬動它，結果傷了腰。

託妳的福，上次妳給我的貼布還真有效。我就說吧，我自己也很愛用呢。兩人點著頭，同病相憐。要是這時候問一句「腰痛真的有那麼難受嗎」，可能會引來一陣白眼，所以我不發一語地看他們兩人對話。

這時奧園喊了聲「好燙」，抬起單腳。他脫下雨鞋，捏起襪子。

「哎呀，奧園，不可以直接貼在襪子上。這樣會低溫燙傷的。」

三宅望向奧園的腳尖，聳了聳肩。

「咦！可是久米島大叔說要這樣用耶！」

經他這麼一說，久米島也脫下雨鞋，將腳底朝向我們。一股像蠶豆發酸般的撲鼻臭味往外散發。在火爐的熱氣悶熏下，臭味更是濃烈。

「可是我不覺得燙耶。我一直都是這樣用喔。」

之前一直沒說話的鹿屋，苦笑著說「大叔，你腳底的厚度和年輕人不一樣」。就是這樣，說得一點都沒錯。現場都沒人開玩笑說「大叔，你腳很臭耶」。基本上，他們都是正經人。

在湊齊這五人之前，我原本不太喜歡這個職場。因為不論是休息還是工作時，有不少人都只會發牢騷。

能言善道的人，能力值只有普通水準，但他們往往很懂得掌握門道。他們總會找理由請派遣公司介紹其他工作，然後陸續離開這裡。當初聽說明時，因為剛好坐我隔壁，而親切地跟我搭話的男子，也是這樣的人。

很難想像有人可以一直待在這種地方工作。工作辛苦，薪水又低，當我們是笨蛋啊。我向派遣公司的業務員發個牢騷，結果他就介紹我到另一個薪水更高的地方。只要到交友網站上假裝成女人，用電子郵件回信就行了。時薪超高的。你要不要一起去？

我意興闌珊地回了一句「嗯，真好。不過我還是決定留在這裡」。我沒對他說，辭去這項工作的你才是笨蛋。他語帶不滿地說了一句「為什麼不走？你還真是搞不清楚狀況呢」，接著他馬上改找其他人，最後一天直接無故曠職，也沒打電話來交代一聲。

「喂，你沒事吧？」

我猛然回神，現場只剩我和鹿屋兩人。

休息過後，為了加快工作步調，大家說好要先將庫存的商品往入口附近集中。奧園與三宅不斷將我們搬移的貨物運往下一個位置。鹿屋的工作速度快，所以在我發呆的這段時間，他一定連我的份也一起做了。

「抱歉，我出神很久了嗎？」

我如此詢問，鹿屋只簡短地回了一句沒有。大概一分鐘左右吧。只是看你眼神望向遠方，有點替你擔心。我聞言後低下頭，羞紅了臉。

鹿屋以符合他高大身材的臂力抬起貨物，接著他以閒話家常的口吻，就像在說「昨天晚餐吃烤魚」似地，向我問道「你和田淵小姐交往中對吧」。

我聽了之後目瞪口呆，感到門牙發冷。這應該不是知覺敏感，但要是太冷時，寒意就會滲進骨子裡。「我家晚餐吃的是麻婆豆腐配韭菜炒蛋喔」，我以類似這樣的口吻回答了他的問題。

「嗯，算是吧。」

「這樣啊。」鹿屋莞爾一笑。

「之前她曾經來找我談過這件事。不過我要是直接問她結果怎樣，就太不識趣了。」鹿屋說得很小聲，但還不至於聽不見。

「當時我告訴她，妳只要態度積極一點，也許很容易就能成功，看來我沒說錯。」

鹿屋說的話和螃蟹頗有雷同。什麼嘛，講得好像態度強硬一點，我就沒轍似的。我略顯不悅地說道，他再度笑著回道「我不是那個意思」。

他那大哥哥般的眼神，並不會讓我感到不悅。鹿屋不是會在工作時講廢話的人，所以我明白他此刻和我談這件事，是考量到不想讓其他人聽見。

「這樣啊，如果你們能順利交往就好了。以前人們常笑我說，只要有事找我商量，最後都不會有好結果。」

我抬眼觀察鹿屋。因為從過往的人生中，我學會一個經驗，那就是別人口中說的話，大多有表面話和真心話之分。

鹿屋的眼神與螃蟹一樣，超然灑脫。他此刻這番話是出於真心。我明白這點後，頓時感到很難為情。我坦白地告訴他「等這次的合約屆滿，這段戀情應該會就此結束」，他聽了之後苦笑道「這樣啊，那也是沒辦法的事」。

結束這短暫的對話後，我們相互點了個頭，各自埋首於工作中。時間不能浪費。而且在這種冰凍的場所對話，很消耗體力。

「喂，老闆叫我們過去。」

上貨工作結束後，三宅指示我們全員到事務所集合。我低頭確認時間。五點半。步出冷凍庫一看，田淵已在事務所入口處等候。

「上貨工作完成，辛苦各位了。中途追加了一些工作，但你們一樣按照時間完成，幫了我一個大忙。不過，卻也因為這樣而延誤貨物入庫的搬運作業。可以的話，我希望你們今天留下來加班。可以配合的人請舉手。希望最少能有兩人。」

我毫不猶豫地舉手。反正今天我會到她家去，這樣比拉長我等候的時間要好多了。

兩名有家室的人面有難色。久米島在忙完工作後，還要去照顧在他家隔壁獨居的老母。白天由他妻子負責照料，他得和妻子換班。

三宅得代替她當酒店小姐的妻子到幼稚園接么兒回家。奧園則是還有下一個打工工作要忙。

鹿屋猶豫了一會兒，最後屈服於眾人的目光下，舉手說他願意。附帶一提，他明天要參加面試，所以他肯定很想早點回家準備。

「有賺錢的機會，就得好好把握。」

這麼一來就有人手了。

「那麼，我會申請一個小時的加班時間。有勞兩位了。」

田淵開始忙著寫電子郵件、接電話。我們回歸各自的工作崗位，默默工作。

*

「你好像不太精明呢，真好。」

因汗水而濡溼的肩膀上下起伏。平時總是綁成一束的頭髮，此時完全披散，在微黑的肌膚上，像蛇一般地蜿蜒。

我覺得美麗，但又覺得可怕。與她愈是親近，上床的次數愈多，對她感到排斥的程度也愈深。

她很自然地倚在我背上。那滿是汗水的肌膚觸感，與專注於做愛時的感覺不同，現在只覺得黏答答的，很不舒服。為了將凝聚在腹中的熱氣排出，我嘆了口氣。為了不讓她發現我的嘆息，這口氣我吐得又細又長。

「對了，像今天這種情況，一般來說，其他公司員工應該會來幫忙才對吧？比起讓派遣員工加班，這麼做反而還比較好，有很多公司都這麼做。」

我若無其事地離開她的身軀。原本緊貼的肌膚暴露在外面的空氣下，感覺到一陣涼意。這種涼意我不討厭。田淵將擺在桌上喝剩的碳酸水果酒一飲而盡，自嘲地笑著。

「冷凍庫，別名流放外島。沒有哪個怪人會自願來幫忙。再說了，你以為那些成天坐辦公桌的人，受得了那種地方嗎？是可以請新進員工幫忙，但這樣只會累積更多的工作。因為以我們公司來說，就算是公司裡的員工，一樣得支付加班費。我認為直接請你們處理會比較省事。」

原來如此，這樣也不無道理。不過與其他公司員工打好關係，應該也很重要才對。螃蟹說過，人要互相幫助，有時展現自己的弱點，也能得到別人的信賴。

第一次聽牠這麼說的時候，我心裡納悶，懷疑真的是這樣嗎，但現在我終於懂了。人們喜歡接受別人的請託，更勝於向人請託。當奧園在大夥面前坦言他欠債的事情時，眾人便都有了默契，知道他是因為這個原因，才會另外有其他打工的工作，無法加班。類似的道理。

平時除了業務部門的緊急委託下單，或是總務部門的事務員運送備用品前來之外，就我所知，很少與其他部門有所接觸。平時她總是獨自一人處理不斷傳來的工作，對於期限緊迫，強人所難的訂單委託，她也都能悍然回絕，即使是和她沒什麼往來的人，對她也敬畏三分，這是可以確定的事。

流放外島，聽起來不太好聽呢。聽我這麼說，她回了一句「才不會呢」。

「從以前到現在，幾乎沒人可以長期擔任這項工作，所以我很受重視。之前在樓上工作時，有幾次因為掌握不了庫存數量，我大發雷霆。現在就不會發生這種事了，不，應該說我不讓這種事發生，所以我原本的同事應該頒給我一張感謝狀才對……業務部門不是常會跑來提出緊急委託嗎？」

經她這麼一提，業務部門的員工每次來到這裡，總會與田淵搭話，向她發牢騷。我從他們的談話中得知，她似乎以前曾槓上業務部長，因而被流放到冷凍管理課來。

「之前有一次，業務部長帶著文件前來。他所負責的一位大客戶，因為和他之間發生聯絡上的失誤，需要緊急委託下單。也沒和對方交涉，竟然就完全照客戶要求的交貨日下訂單。我告訴他不可能，一口回絕，結果你猜那個無能的傢伙說什麼？他竟然說，妳這個冷若寒冰的冷血女，就適合待這種地方。我聽得火冒三丈，把他關進冷凍庫裡。」

我回以一笑。因為我知道這是玩笑話。雖然她很有可能會這麼做，但只要權衡得失，便不會做這種事。接著她發出格格嬌笑，說了一句「騙你的啦」，

「精明是吧。如果我是個精明的人，現在可能會從事更正經的工作才對。」

我吐露自己的真心話，她聽了之後，毫不遮掩自己赤裸的胴體，在床上煽情地挺起酥胸。

「你還真是什麼都不懂呢。雖然這只是簽訂短短三個月合約的工作，但連這麼短

的時間都待不了的人，你以為派遣公司會給他們什麼正經的工作做嗎？只會耍嘴皮的人，年輕時或許能找到錢多事少的工作，但到頭來終究還是一事無成，不值一笑。」

我不知道她說的是真是假，但我可以想像，對那些只會抱怨的人，她是如何給予嚴苛的評價，並向派遣公司通報。女人還真是可怕。

「所以嘍，你好像不太精明，這樣也好。」

從她的呼氣中，聞到乙醛的氣味。

她每次一喝酒，就會變得比平時更加喋喋不休。無意義地扭動身軀，一會兒戳我後頸，一會兒撫摸我的背。與她在事務所時，那辦事講究效率的態度形成強烈對比。比起我交往過的任何一個女人，她都顯得更有「女人味」。

「喂……」

她橫身躺著，敞開雙臂，再次勾引著我，感覺像是個孩子。

我與她獨處時很少開口，幾乎都是她在說。她問話我要是沒回應，她馬上就不高興，除了這點之外，在年紀比我大的女性當中，她還算是好應付的。

維護得一塵不染的這處居住空間，與我凌亂的房間相比，可坐的地方多得是，但不知為何，總令我感到坐立難安。每次把臉湊向她那稱不上豐滿的胸部前，我發現自己總是緊張得顫抖。

「我愛你。我好愛你……你住我這裡好不好？從公司走到這裡只要十分鐘，環境還不錯吧？你就同意吧。其實上頭才剛發布公告，詢問要不要從你們五人當中挑兩人成為定期簽約員工。我希望能由你來擔任……這件事不能告訴別人喔。」

僅只十多分鐘空虛的魚水之歡。我擦去下巴滴落的汗水，兩眼緊盯著她，就像在看什麼猜不透的事物般。

五人當中只挑兩人？既然這樣，應該是以有家庭的人優先才對吧？

奧園常說，只要能把債務還清就好了，而且還清債務的事已有了眉目，他常在休息時間談這件事，田淵應該也知道。

還有鹿屋，他追求的是能成為正式員工，至於成為定期簽約員工，終日從事這種肉體勞動的工作，他應該不會感到滿意。至於我，則是住在父母家的米蟲，沒那麼大的生活壓力。

但久米島的孩子就快要參加大學入學考了。而三宅有三個孩子，最大的今年八歲。

「我就不用了，我害怕穩定的生活。」

我講出很像是晚熟世代的人會說的話。她聞言後瞪大眼睛，一再向我追問。

「為什麼?!你也只有現在還能說這種話了！你以為父母能活多久？要是一直這樣下去，你要怎麼生活?!如果你以為父母能照顧你一輩子，那你就大錯特錯了。人生可沒那麼輕鬆！」

她的氣勢令我為之怯縮。這我明白。不用妳說，我自己也心知肚明。

像這種時候，我的嗅覺會變得異常敏銳，與現場的情況顯得格格不入。洗好的頭髮飄散的花香，以及摻雜她自身體味的淫蕩芳香，從我鼻端掠過。

而不可思議的是人體，尤其是下半身滲出的氣味，與豆類頗為類似。她在高潮時散發的氣味，總會讓我聯想到水煮毛豆的香氣。

她昂然站在床上，嚴厲地責備我。胯下的陰毛形成濃濃的暗影，那模樣有點滑稽。

經這麼一提才想到，螃蟹討厭豆腐。那麼，牠一定也討厭毛豆。因為它們原本是同樣的東西。試一次看看也無妨。我心不在焉地聽她叨絮責罵，腦中想著此時不在身邊的螃蟹。要是我對牠說，人類的肉和豆類的蛋白質很相似，不知道螃蟹會怎麼回答。

「……過這種溫吞散漫的日子，你不會覺得不滿，但也因為這樣而沒有上進心。真是個孩子……早知道是這樣，我應該選鹿屋才對。」

田淵以露骨的鄙視眼神望著我。

聽她這麼說，我心裡頓時明白，原來她之前也曾鎖定鹿屋。

仔細想想，女人不可能找自己不感興趣的對象做戀愛諮詢。我只是剛好被她追到手罷了。對此，我並不覺得難過，只是覺得有點噁心。在雲雨過後，那種排斥對方的感覺，似乎膨脹成百倍之多。

「……囉嗦。」

如果可以，我甚至不想聽到她的聲音。就只會讓人覺得不舒服。

田淵以瞧不起人的語氣，發出「咦」的一聲。她一直覺得自己高高在上。就像貓刻意不殺死獵物，將獵物玩弄於股掌般，一直無意識地探尋會傷害對方的話語和行動。她始終都是強者，而我只是弱者。這房間之所以會讓我感到坐立難安，就是因為她散發出獵捕者的氣息。

見我沒答腔，她模仿貓的媚態向我挨近。

「……不會吧。你生氣啦？你聽我說，我這是在擔心你。我這是想盡可能幫你。因為你總不能一直過這樣的日子吧？」

那是無比溫柔、向人曉以大義的口吻。不能一直過這樣的日子。

這我自己很清楚。有好幾次在難以成眠的夜裡，我痛苦地翻滾掙扎，腦子裡想的全是這件事。那是成人最不敢涉入的真正內心世界。

我害怕哪天父母說這種話責備我。雖然害怕，但他們一次也沒說過。也許他們自己也很害怕，個性平靜的他們，平靜祥和的家。他們害怕這樣的平衡會土崩瓦解。

我害怕的，其實不是被責備。而是怕他們在指責我的瞬間，我會起什麼化學反應。

而此刻，就在我聽到自己最害怕的話語時，存在於我腦中，一條宛如用衛生紙搓成的小繩子，發出脆弱的一聲啪嚓聲，就此斷裂。

「……我知道。」

「唔……」

奇怪的聲音。

當我發現那沉悶的聲音是田淵臨死前的呻吟時，一切都已結束。我手中緊勒她纖細的脖子。我甚至不知道自己喪失意識的時間，是僅只短暫的瞬間，還是長達數分鐘之久。

她嬌小的身軀浮向半空。我猜想應該是瞬間掐住她的脖子，將她懸吊在空中吧。感覺就像和我無關似地，沒那種真實感。她雙眼微張，舌頭外吐，口水從嘴角淌落，已經氣絕。

可能是被她踢了幾腳，我膝蓋一帶隱隱作疼。我這時猛然想到一件事，像驚嘆號般的思考。在開始後悔前，我腦中想到的是螃蟹。

不知道牠吃不吃這個。

＊

面對一具全身赤裸的女人，螃蟹完全沒有驚訝之色。

『我就知道你總有一天會這麼做。這是朋友被逮捕時，最想說的一句話，不是嗎？不過這也是實際遇上時，最不容易說出口的話。』

這樣啊，我算是你的朋友是吧。我對自己欣喜的心情感到驚訝，並向牠問道：

「你要吃嗎？」

我回到家中，邀螃蟹一起出外散步時，我心中沒有半點罪惡感。當時我腦中也沒有想要淹滅證據的這種高等思考回路。我就只是心想，喜歡吃肉的螃蟹，或許會很高興。

而且我也很想親眼見識一下，螃蟹會怎樣吃她。

螃蟹先是在她身旁打轉，窺探她的狀況，接著身體逐漸變大。牠身上的蟹殼，就像活了將近百歲的陸龜那般大。之前牠也曾經變大過，但我沒想到牠竟然能變這麼大。

『那我就不客氣了。』

牠沒理會在一旁看得目瞪口呆的我，開始悠哉地享受牠的大餐。田淵已死了約三個小時，身體開始僵硬，但似乎一點都不影響牠進食。

牠先從大腿著手，一口咬下。

發出皮膚破裂的聲音。一開始可能是啜飲鮮血，只見牠把嘴湊向大腿根部，一動也不動。螃蟹眼中流露出歡愉的光芒。就像一面吸血，一面感受那滑順的肌膚質感般，身上的蟹腳四處游移。尖銳的指節嵌進那宛如蠟像般的肌膚。一具女人的屍體和一隻螃蟹，浮現在昏暗的餐廳裡。如果這是夢境，那一定是噩夢。

螃蟹進食的模樣，就像黑暗世界裡上演的情色表演。

牠所做的事，和牠平時的進食沒什麼兩樣。

不過，皮膚破裂，裡頭血肉外露的模樣，鮮明地呈現眼前。用美豔來形容，一點都不為過。微帶紅色的肌肉纖維，以及外頭包覆血肉的白骨。在外頭照進的微光下，田淵微黑的肌膚看起來顯得有些蒼白。這一切都逐漸消失不見，讓人聯想到沙子不斷流失的沙漏。從雙腳開始，腰部、內臟、胸部，逐一消失不見。

螃蟹以雙螯牢牢抓住獵物，一路啃食，那模樣就像齧齒類動物。

田淵即將斷氣時，那因痛苦而扭曲的臉，與她高潮時的表情有些許相似。我想起之前和她做愛時的情景，悄悄勃起。每次她感到興奮時，眼眶、嘴唇，以及陰唇，這些外露的黏膜都會極度泛紅。與螃蟹啃食後露出的血肉同樣顏色。

像在吸奶般的嘖嘖聲。與敲碎智齒的外科手術很類似的骨頭碎裂聲。螃蟹強韌的下顎，才一眨眼工夫，已將人體變成了肉丸子。前後約十分鐘左右，與做愛的時間相去不遠。

螃蟹吃得連一滴血、一根骨頭都不剩。最後留下的只有五顆像排球般大的肉丸子。這是田淵被壓縮、榨乾後的殘渣。肉丸子當中夾雜著碎裂的骨頭和頭髮。

我做夢也沒想到牠竟然會吃得這麼乾淨。螃蟹對我的驚訝視若無睹，神色自若地下達指示。

『來，快點將這些丸子裝進垃圾袋吧。塞進手提包裡，然後將地板擦過一遍。你得仔細清除自己的痕跡才行。』

螃蟹拿起身旁的毛巾，開始四處擦拭。我也依言回收自己喝過的啤酒罐和用完的保險套，並擦拭螃蟹搆不到的門把和水龍頭這些我想得到的地方。

螃蟹在用完餐後，一定都會仔細地告訴我有多好吃，但這次牠卻沒說。本想問牠味道是否很像豆類，所以我感覺有點失落。

我朝手提包裡塞了兩顆，朝平時隨身攜帶的環保袋裡塞了三顆。肉丸子一點都不重。正當我煩惱該怎麼處置時，螃蟹一臉睏倦地打了個哈欠。

『呵啊，吃飽了就想睡覺。我可以在手提包裡休息一下嗎？』

螃蟹縮小身體，變成雙手可以容納的大小，鑽進手提包裡，一副心滿意足的模樣。我拎著環保袋走出門外。以之前得到的備份鑰匙鎖上門，快步離開田淵的住處。螃蟹在搖晃的手提包裡，以充滿睡意的聲音說道：

『那東西只要丟進海裡就行了。你只要隨手一丟，魚自動會來吃。這也算得上是資源再利用吧？』

我夾帶嘆息地回以一笑。

*

接下來，我將螃蟹裝在一個大托特包裡，在街上徘徊。螃蟹的成長速度顯著。在平時狀態下，牠的甲殼已超過我張開雙手的寬度。似乎吃愈多，長愈大。

牠很愛吃人肉，小魚和雞肉已無法滿足牠。

持續在同一個市街獵食並不恰當。起初我們的狩獵範圍只局限在腳踏車到得了的地方，但聽到周遭人談論誰下落不明，會令我覺得不自在，所以我將主要狩獵地點移往市都中心。

今晚你想要哪一種的？

我悄聲問螃蟹。螃蟹的蟹腳在袋子裡蠢動，悠哉地回道『選哪一種好呢』。牠隔著布面傳來的動作，就像小動物的心跳般。

「都已經晚上了，人還這麼多。這麼沒有夜晚的感覺，還真奇怪。」

不管什麼時候，螃蟹都會準確地指示狩獵地點。例如狹窄的巷弄死角、大型公寓的樓梯、大型百貨公司的試衣間、車站廁所的隔間。

螃蟹能夠從所有縫隙潛入，所以能巧妙利用人們會放鬆戒備、近乎密室的場所來展開狩獵。在簡陋的鑰匙和舊有的觀念所營造出的隱蔽空間裡，人們就像輕煙般平空消失。不時會有受害人的同伴大呼小叫，但真相始終隱蔽在黑暗中。

如果可以的話，我很想親眼目睹牠進食的情況。

我告訴螃蟹這個想法，結果牠就像某個卡通裡的貓型機器人，替他那沒用的主人實現願望時所用的口吻，對我說了一句『真拿你沒辦法』。

啊，去那棟大樓，它相當老舊，而且沒什麼人。

牠螯指示的前方，有名男子正要走進一棟老舊的大樓。

我們走出人潮來到一旁，就像有事要到那棟大樓去似地，以很自然的步調走進建築內。

這棟老舊的住商混合大樓，大門是暗色系的毛玻璃。只隱約看得出外頭來往行人的輪廓。只要走進五人便馬上擠滿的一處狹小空間。等候電梯的男子朝我們瞄了一眼。緊接著下個瞬間，螃蟹滑溜地從袋子裡爬出，轉眼變大，獵捕那名男子。一切都是在轉瞬間發生的事。被吃掉的男子連自己是被什麼生物襲擊也不清楚。

外頭喧鬧嘈雜，大廳內卻是靜謐無聲。不斷咬碎骨頭的聲音，就像折斷樹枝的啪嚓聲。在老舊閃爍的日光燈下，男子被輕易地解體，做成肉丸了。

螃蟹用餐只花了五分鐘。

我這才環視四周，確認有無監視器。這時電梯終於降下，發出輕快的鈴聲，電梯門開啟，裡頭空無一人。為了謹慎起見，我檢查電梯內部，果然沒裝設監視器。就只有寫著「緊急時使用」的按鈕呈現空虛的紅色。

明明沒按開門鈕，但電梯門卻遲遲沒關上。我注視了一會兒，這才發出很吃力的聲音關上門。看來，它開門正常，但關門的功能已經退化。只會上下移動，無比空洞的箱子。過去它肯定在這棟細長的建築物裡上上下下，達數千、數萬次之多。如今它已老舊不堪，卻未經修理，關門時發出痛苦的聲音。

它應該無法一直這樣撐下去。總有一天會故障，最後被丟棄。

我莫名興起一股鬱悶之情。電梯之後就像死了一樣，一直停在一樓。

螃蟹用完餐後縮回身子，鑽進我袋子裡。我將幾分鐘前還是活人的那些肉丸子裝進袋子裡，丟進外頭的垃圾桶。這是我早已做慣的動作。

說來也真是不可思議，之前我多次將螃蟹吃剩的肉丸子裝進半透明的垃圾袋裡丟棄，但從沒被人發現，引發軒然大波。因為在這都市的某個角落，就算有烏鴉翻出這些垃圾，拿它當早餐吃得津津有味，也不無可能。

螃蟹很輕鬆地回答了我的疑問。牠說，就算有人看到了，應該也不會發現那是人類的屍體。要不就是運氣好，還沒來得及被烏鴉弄亂，就被運往垃圾焚化場了。螃蟹說得很有道理，我對牠的聰明無比佩服。

『接下來要去哪兒？下次我希望能挑個年輕一點的，最好肉多一點。』

我忍著沒笑出聲。好啊，你要去哪兒，我都奉陪。我還沒看過癮。你進食的模樣，我想再多看一點。我要滿足你，好消除我心中的鬱悶。

我踩著不穩的步履，在夜晚的街道遊蕩。就像流逝的水，成群逃離的鴿子，這行人四面八方交錯而來的市街，令我感到頭暈目眩。

我生來就很不習慣待在這種場所，只因為要滿足螃蟹的食欲，才在街頭徘徊，說來還真是滑稽。不過，一股奇妙的興奮支配我的四肢，我覺得自己走再遠都沒問題。我的嗅覺無比靈敏，強烈感覺到螃蟹身上散發一股海岸邊的氣味。連吸入肺中的空氣都聞得到海的氣息。感覺我身上跳動的，彷彿是別人的心跳。

我不再是我，就像把身體借給他人一般，這種感覺該如何形容才好呢？

當我走累了，被正在播放深夜電影的電影院給吸引而走進其中時，我的情緒仍舊很亢奮。待在這傳出巨大聲響的空間裡，螃蟹似乎覺得很不高興，蟹腳在袋子裡不斷蠢動，但牠明白我的意圖，旋即便從袋子裡爬出。

電影院裡的觀眾很少。正因為這樣，才會挑選這種片名連聽都沒聽過的三流動作驚悚片播映。醉得無法動彈的醉鬼、無處打發時間的年輕夜貓子、待會兒應該會直接上賓館的情侶，三三兩兩地坐在各個座位上。

我們坐在最後一排的座位。斜前方坐著一名像是因為不習慣工作而一臉疲態的社會新鮮人，表情空洞地望著螢幕。我和螃蟹互望一眼，已心意相通。螃蟹也已鎖定他。

『……在這種地方……可以嗎？』

螃蟹以微帶情色的口吻問道。

螃蟹的聲音是讓人感覺不出性別的年輕聲音，所以旁人聽了會覺得是位少女。聽得到我們的獵物微微暗啐一聲。雖然他沒膽轉過頭來，但清楚感覺得出，他認為自己身後有一對未成年人在親熱，對此頗感不悅。他的誤會更加激起我的快感。

我忍不住發出呵呵輕笑。螃蟹也跟著笑了，面露淫猥之色。

性欲與食欲緊緊相連。就像進食與排泄緊密結合一般，嘴巴的歡愉與性器的歡愉類似。螃蟹的食欲不斷增加，不知滿足。而就像與之呼應般，我的欲望也不斷膨脹，從觀看螃蟹進食而得到欲望的宣洩處。

「啊～快點。」

我從喉嚨擠出這聲喘息，螃蟹以它當信號，身體就此變大。一座驀然現身的小山，彷彿存在於現實世界中的怪物。但沒人注意到牠。

銀幕上放大特寫的怪物面向主角他們，緊張的音樂與掃平樹木的激烈音效聲盈滿四周。粗重的喘息聲與怒吼。藏身在簡陋小屋角落裡的主角一行人吁了口氣，經歷短暫瞬間的寂靜後，怪物的森森利牙一口咬住主角的朋友。

在模仿雷聲的音效發出的瞬間，螃蟹開始用餐。流出震耳欲聾的悲鳴聲，當中夾雜著卡滋卡滋的聲音。只有我知道，這當中包含了螃蟹所發出的聲響。

螃蟹咬中獵物後，便將他拖向我腳下的暗處。

男子一口氣被吸乾鮮血，蒼白的臉龐，只有眼睛在銀幕的光芒照射下熠熠生輝。男子張至極限的大嘴，沒發出聲音。他的身體猶如毀壞的人偶，有一半是彎折的。螃蟹很清楚人體的結構。髖骨上方與胸骨中間，只靠脊椎支撐骨骼的部位，牠一口氣咬斷。一次朝裡頭注入空氣，是其訣竅。

螃蟹極小聲地說道。我不是一口咬住嗎？然後趁咬下時，朝裡頭吐氣。這樣他就不會胡亂掙扎，血也比較容易流出。螃蟹對這年輕的鮮肉非常滿足。

銀幕上激烈的叫聲，是並未實際被咬的女主角所發出的尖叫，我悄聲說了一句「真可憐」。不過這也是沒辦法的事，因為他剛好出現在這裡。吃人與被吃，是很自然的事。

螃蟹莫名其妙地如此解釋道，我望向牠那受銀幕亮光照射而散發黑光的雙眼。電影畫面映在他眼中，那當然是怪物啃食獵物的影像。而我眼中映照的，當然是螃蟹啃食獵物的影像。是一種影像重疊的慘劇。

螃蟹可能是早已預見切換為下個場景時，電影院內會變得一片悄靜，牠在啃食下半身的狀態下停止動作。由於牠常看深夜播放的驚悚片，所以很清楚這套模式。果然夠精明，我對牠甚感佩服。

當激烈的動作場面再度上演時，螃蟹又開始進食。

牠的嘴巴以驚人的速度動著，將肉和骨頭咬碎。水分被吸乾，揉成肉丸子從口中吐出的，原本是人的身體。我俯視著這一切，感受到一種不知如何是好的恍惚。體內隱隱作疼，同時有一種沉重又悲切的複雜情緒。就像溺水般，喘不過氣來。難道是螃蟹身上發出的海水氣味？

那是海岸邊熏人的腥臭，很像人體內臟的臭味。

『我第一次覺得這麼興奮。呵呵呵，沒人看到吧？』

螃蟹故意這樣說。你放心，沒人看到。我們回去吧。

我就像抱著無比心愛的少女般抱著螃蟹，迅速將肉丸子塞進手提包裡，離開電影院。末班電車發車的時間就快到了。

我有點在意電影的後續情節，但就算沒看，也知道會是什麼結局。那就是怪物被收拾，主角和女主角雙雙獲救。一臉滿足的神情，為他們的平安無事慶幸。

觀眾們也是早知道有主角不會死這樣的潛規則存在，才來看這種電影。這樣還會有什麼緊張感？制式化的結局不管是怎樣都無所謂。不過怪物是如何死法，這點頗令我在意。

電影裡的怪物和螃蟹有幾分相似。

＊

自從經歷過電影院那件事後，螃蟹變得很大膽。比起原本的密室，我發現牠更積極尋找心理密室。

『在坐滿人的電車裡……啊，當然了，坐在座位上的人不行。而是有人站著打瞌睡時，站在他身旁的人最適合。出其不意地襲擊。也許這樣反而不會被人發現呢！』

螃蟹很開心地說道。

「這也太冒險了吧……」我含糊地應道，接著牠又問『那麼，遊樂園如何』。在一片漆黑的主題樂園裡，人就像煙霧一樣消失無蹤。

不行不行，人們大多是全家人或是團體一同前來，要是有人失蹤，一定會引發不小的騷動。

但螃蟹很堅持，不肯就此放棄。

小氣鬼，那我乾脆把整個團體都做掉吧。

……話不是這樣說的吧。這是什麼邏輯，你又不是小孩子。

每次這樣對話，就會不自主地笑出聲來，同時感到一陣偏頭痛襲來。

這種事不可能一直持續下去。

不，我們的事不會穿幫，所以能一直持續下去。螃蟹牠很聰明。

警方也不是笨蛋。

只要沒證據，他們就不會隨意採取行動。

我心中不斷上演這樣的攻防戰。肯定與否定一來一往，不斷持續。就像我與螃蟹那無聊的對話般。

我腦中存在著另一隻螃蟹，牠一直在等候現實世界的這隻螃蟹用餐。

蟹腳嵌入獵物柔軟的皮膚內，緊抓不放。獵物被吸乾鮮血，蒼白的皮膚被撕裂。就像毛毛蟲卡滋卡滋地啃食著充滿葉綠素的嫩葉，螃蟹張口嚼著呈現肌紅蛋白顏色的肉塊。

一口咬向頭部後，螃蟹呼出難以言喻的愉悅嘆息。牠緩慢地啜飲著，比吃其他部位都來得仔細。牠說，雖然頭髮在嘴裡纏繞很不舒服，但這個部位最可口。

我望著這一幕，無法移開目光。人的皮膚原本就很柔軟，而且充滿彈性，但臉部肌膚比其他部分更加柔軟。也許是因為這裡聚集了用來呈現表情的各個要件。

螃蟹從脖子的部位開始吃。接著皮膚被繃緊，下巴往下掉。隨著牠一路往上方啃，原本張開的嘴唇變得歪斜，然後破裂。下巴殘留的下唇左右晃動，活像是一具張著嘴巴的可怕傀儡。口腔內的上顎暴露在外，讓人聯想到浮凸的肋骨。排成U字的齒列，看起來很駭人。但它同樣再過幾秒就會被破壞、咬碎。失去支撐的皮膚縮皺在一起，就像動物的表皮一樣。雖然眼睛圓睜，但下眼瞼因為皮膚的收縮而隆起。形成很突兀的笑臉。

螃蟹的嘴巴從內側拉扯著視神經。這時，眼睛的部位變成了空洞。失去眼球的眼瞼往下塌陷，像布幕般垂落。睫毛則成了布幕的垂飾。

當牠一路吃到眼睛時，已來到腦幹的位置。螃蟹說牠特別愛吃這個部位。雖然吃起來卡滋作響，但其實很柔軟，是個鮮美多汁的部位。

剩下的部分牠一口吞掉。整個送入口中，頭髮、骨頭、皮膚，全部一口塞，全力吸吮。並用雙螯按住嘴巴，一滴血都不留，牠那專注啃食的模樣，就像小孩子朝嘴裡塞東西一樣，惹人發笑。我常會猛然想起人的腦袋被咬碎的畫面，全神投入這樣的想像中。

不知不覺間，我腦中想像的，變成了我被啃食，血肉逐漸被吸乾的畫面。螃蟹大多是先使獵物斷氣後才開始用餐，但出現在我想像畫面中的我，仍清楚地留有意識，注視著螃蟹咀嚼我的動作。

在盛夏的夜裡，到底有幾次我夢見自己被螃蟹給吃了呢？

夢裡的螃蟹渾身是血。牠平時明明都會吃得乾乾淨淨，幾乎不流一滴血。那是因為渾身是血的我，不斷伸手輕撫著牠。仍保有意識的我，在螃蟹的啃咬下扭動著身軀，所以渾身多處滲血。

我的手因沾滿黑血而變得髒汙。但螃蟹身上沾染的血卻不是黑的。牠那呈不規則凹凸的紫褐色甲殼，上頭的鮮血就像牡丹花般紅豔。

牠慢慢地撕裂我，很快地，連胸部和喉嚨也被牠吃進了肚裡，牠那左右對稱的下顎近逼眼前，上頭有兩對觸角。那是每次牠一開心就會舞動的部位，就像鬍子一樣，它左右擺盪。啊，牠一定很開心。想到這裡，不知為何我也跟著開心起來。只要螃蟹高興，我也高興。

當我幾乎被牠吞食殆盡，牠的下顎直抵我兩鬢時，我突然睜眼醒來，像什麼事都沒發生過似的。我沒有彈跳而起，就只是像拉起簾幕般，抬起眼皮。

從被啃食的夢中醒來時，螃蟹已變大身軀，待在我身旁。牠原本就是夜行性，最近都會在我入睡後，於房內昂首闊步、看電視、看報。

仔細想想，這就像是放著一隻殺人鬼在身邊遊蕩。但我從沒想過要在魚缸裡加裝鐵絲網，再加上多層蓋子鎖住，把螃蟹關在裡頭。要是我真這麼做，螃蟹肯定會宰了我。

我仍沉浸在夢的餘韻中，茫然地轉頭望向螃蟹。這時螃蟹都會說『啊，太亮了是嗎？抱歉、抱歉』。

我望著浮現在電視螢幕亮光前的螃蟹身影，不知為何，心裡產生一股安心感，就此合上眼。要是半夜肚子餓，牠也許會吃了我，我閉上眼睛如此暗忖，心裡略感愉快。要是就此一覺不醒，那就是被牠吃了。就只是這麼回事。

即將天明時，螃蟹關掉電視，無聲地摺好報紙，回到魚缸裡。我一直到最近才發現，牠之所以將身體變大，是因為這樣在翻閱報紙、回到魚缸裡時，會比較容易。

在返回魚缸時，螃蟹湊近我，緊盯著我的睡臉瞧。接著舉起蟹螯，輕輕幫我蓋好被。我對牠不吃我感到驚訝，相反地，也對甲殼動物竟然存有這種關懷之心感到奇怪。摒除吃人這件事情不談的話，螃蟹還算頗有良知。

電視新聞要是播放悽慘的意外事故，牠會覺得難過，聽聞貪汙事件，便會一臉驚訝地說『人類這種生物還真是貪婪呢』。牠看連續劇時，那歡笑、哭泣、期待的模樣，會令人聯想到個性溫和的人，不過牠常感嘆自己不懂生氣為何。

經牠這麼一提才發現，從螃蟹說過的話當中，確實沒見過一絲憤怒。不過世人卻往往為一些無關緊要的小事而動怒。

有一次螃蟹對我說：

『你好像不太會生氣呢。』

我笑著應道：

「那是因為沒人惹我生氣啊。」

螃蟹動著牠的觸角，以焦急的聲音說道『才不是這樣呢』。接著牠像在生氣蹬地般，晃動著蟹腳。牠右邊從上面數下來第二隻腳的位置，有個像肉瘤般鼓起的肉芽，變得愈來愈大。我伸手戳那個部位。形狀就像鹿剛長出的鹿茸，摸起來很柔軟。

我問牠「你不會生氣嗎」，牠以令人意外的冷淡口吻回道『我並不覺得討厭』。這就像是被人觸碰傷口般，換作是我，一定會發火。

『你自己不也是不太會生氣嗎？』「好像待在易怒的人身邊，自己就會跟著變得易怒。」我故意跟牠開玩笑，螃蟹聽了後，再度揮動起蟹腳。

『真是的，我不是這個意思。之前我吃掉的那些人，全都是沒來由地……不，或許也是有他們的原因，不過，感覺他們都很焦躁易怒。也不知道為什麼，看到這種人，呵呵，就很想吃掉他們。不過，當我一口咬向他們時，他們頓時力量全失，原本的憤怒變成了另一種東西。你知道變成什麼嗎？』

牠那開心的口吻，令我側頭感到不解。不論是在夢中還是在現實世界，只要螃蟹快樂，我也快樂。

螃蟹呵呵笑的模樣很可愛。如果牠說要穿上有荷葉邊的衣服轉圈圈，我也會實現牠的願望。

『你一點都不覺得死有什麼可怕對吧？你仔細想想，一定會明白的。我認為真正的領悟就是那個。總有一天我一定也會嘗到那個滋味。有點期待呢。』

螃蟹說的話，有時充滿了謎。我與不是人類的生物交談，所以就算溝通上有點狀況，也是在所難免。不論是睡著還是醒著，我滿腦子想的都是螃蟹的事。

『喂，快起床啊。都快十一點了，沒關係嗎？』

我猛然驚醒，發現螃蟹踩在床上，正要打開窗戶。開始綻放的百日紅，其濃豔的紅色令我眼睛發疼。可能是半夜裡多次醒來的緣故，覺得全身既沉重又慵懶。

我打斷螃蟹的動作，自己打開窗戶。

「……沒關係才怪。我起床了，謝謝你。」

不客氣。螃蟹緩緩遞出雙螯。

對了，報紙。我苦笑著走下一樓，取來前一天的報紙以及我外出時螃蟹要吃的食物。我迅速換好裝，朝正在細看報紙的螃蟹背影說了一句「我走囉」。螃蟹以含糊的聲音回道「慢走」，揮動蟹螯。

現在對我來說，僅次於螃蟹的優先事項，就屬工作了。每天晚上在外頭遊蕩，可以不必再為螃蟹的伙食費發愁，但我並不想辭去現在的工作。雖然工作很吃重，但有一群好相處的同伴，帶給我前所未有的輕鬆感。

如果可以，我想一直這樣持續下去。可能是我這個願望實現了，公司將所有派遣員工的合約期限都延長了三個月。並由另一名公司員工擔任管理人一職，取代失蹤的田淵。

這名原本在業務課任職的男子很多話，他似乎對這種以辦公為主的環境頗有不滿，常進到冷凍庫裡，聊他以前部門的事。

「前任部長在的時候，管得很鬆。加班申請也都能輕易通過審核，但現在卻老說什麼公司經營不容易。我就是因為受前任部長賞識，所以才會被踢出來。」

這位姓佐佐木、年約三十的公司員工，似乎很討厭這裡。這也難怪，因為整天都得坐在這處暗不見天日的地下空間裡。

還得管理一堆麻煩的資料，回覆電子郵件。田淵個性一板一眼，所以資料整理得有條不紊，不過她覺得很方便的配置，對別人來說卻不見得是如此。一些還沒抓到訣竅的瑣細工作堆積如山，而且連交接工作也沒做。難怪他會想發牢騷。

我們大家都隨口敷衍他幾句。你快出去，在這裡只會妨礙我們工作——這無聲的訴說，傳不進他心裡。

「真是的，搞什麼失蹤嘛。原本還以為田淵小姐是個很認真的人呢。這麼一來就是第二個人了。她該不會死在冷凍庫裡吧。」

田淵小姐、田淵小姐、田淵小姐。

我在腦中回想著已不在人世的田淵這個姓氏。

想著那天在返家的路上，我丟進海裡的那五顆肉丸子和鑰匙。輕易地被波浪捲走，就此消失在海中的可憐亡骸，想必已成為魚兒們珍貴的糧食。已成為魚肉的她，有一天會輾轉成為別人身上的肉。我會不斷與眾多的她邂逅、分離。就像在默背學術用語的時候一樣，就只是毫無情感地一再複誦。

田淵小姐、田淵小姐、田淵小姐。

驀地，佐佐木所說的話吸引了我的注意。

「……第二個人？」

見我有反應，佐佐木似乎很開心，他滿面喜色地湊近說道：

「咦，你不知道嗎？就是剛才我說的那位前任部長啊。之前他突然失蹤，而且是在上班時間。把一件緊急的大案子就這麼擱下不管，平空消失，搞得雞飛狗跳。最後他家人不知道有沒有請警方搜尋……話說回來，自從他當上部長後，業績便一落千丈。還有傳聞說他是被裁員的對象，不過我認為他不是這麼脆弱的人。」

哦，這樣啊。我做出毫無個性的回答。

他應該是以為我會再繼續追問這個問題吧。只見佐佐木一臉不悅，口中唸唸有詞地說著「這裡的人真不上道」，就此離去。

在上班時間突然失蹤。

有個預感從我腦中掠過。

冷凍庫裡的空間頗大，有個位於深處的房間，與一般的保管場所隔著一扇門，是當初看準會長期保存而特別建造。得先操作事務所的控制板才能開啟，一處會自動上鎖的空間。

當初分配到這裡的第一天，在進行教育訓練時，田淵說這個房間現在幾乎都不使用，你們不會進去這裡頭。我想起她那時候面帶笑容地說，這裡頭存放了一些以前的庫存品，是一處不能打開的房間。

記憶裡的她，比她活著的時候更容易親近。

我在休息時間走進事務所，那裡來了一位從沒見過的中年女子。早一步先到的久米島與三宅態度恭敬地與她交談。奧園則是在一旁眼眶泛紅，吸著鼻涕。

我與鹿屋互望一眼，向他們問道「這位是……」

「哦，這位是田淵小姐的母親，來這裡領取她的物品。」

田淵的母親望向我們，以恭敬得教人難過的態度行了一禮。

「我家美和受各位關照了……這次給各位添麻煩。」

說什麼添麻煩，是我們一直給她添麻煩才對。鹿屋急忙摘下帽子，行了一禮。我也跟著他這麼做。

田淵的母親應該是擔心失蹤的女兒，才會變得這般消瘦，只見她兩頰無比憔悴。看她好像隨時都有可能昏倒，教人替她捏了把冷汗。

「這些應該就是全部了。」佐佐木以很不合現場氣氛的悠哉聲音說道，遞出擺在桌下的室內鞋。這雙有著蓬鬆毛皮的室內鞋，讓人聯想到因紐特人[3]穿的靴子，是田淵在上班時穿的防寒道具之一。

久米島不發一語地從佐佐木手中搶下它，裝進一旁的塑膠袋，交給田淵的母親。本以為她會就此哭倒在地，但她和女兒一樣堅強。她再次深深行了一禮，說了聲謝謝後，拿著一包行李就此離去。

佐佐木可能是覺得室內的氣氛令他坐立難安，說了一句「我送您」，朝田淵母親背後追去。我們坐向各自的座位，紛紛嘆了口氣。

「田淵小姐到底是去哪兒了呢。」

奧園吸著鼻涕說道。

「她還曾經對我說，你為了還清債務而工作，很了不起，遠比那些搞失蹤的人要

3. 愛斯基摩人的一支，分布於北極圈周圍。

偉大多了，好好加油。」

常拿自己欠債的事當笑話的奧園，以前在大家面前聊到這件事情時，還被田淵狠狠罵了一頓。她說，你年紀輕輕就欠債，到底在搞什麼啊。不過田淵後來還是誇獎奧園的努力，肯定他為了還債而休學工作的做法。

不論是她罵我還是誇我，我都很高興——奧園又哭了起來。

「她很可能被捲入什麼案件中。因為那天加班，她可能回去得晚。警方好像也不是很認真搜尋。」

久米島很不甘心地低著頭，眼中閃著淚光。他有個同樣年紀的女兒，所以對他來說，這就像他自己的親身遭遇一樣。

「聽說田淵小姐和她母親相依為命，她母親想必很牽腸掛肚……我已問過她的聯絡方式，各位要是有什麼發現，就馬上聯絡她。」

三宅將地址抄在便條紙上，分發給眾人。

話說回來，佐佐木那傢伙，也不幫忙整理，就只會在那裡打混。他這副德行也幹過業務，還真不容易呢。三宅悄聲說佐佐木壞話。他平時待人敦厚，所以這時候說起別人壞話來，格外有殺傷力。

室內彌漫著一股難以形容的沉悶空氣。這透露出眾人當田淵是同伴，相當敬重她。明明只有短短兩個月的相處。我分辨不出他們這樣的擔心只是表面上做做樣子，還是出自真心。個性容易受人影響的我，被他們展現的沉痛表情所震懾。

默默聆聽他們對話、不發一語地，就只有我和鹿屋。鹿屋知道我和田淵正在交往，但此時他完全沒提及此事。就只有瞄了我一眼，以小聲但聽得很清楚的聲音說道：

「田淵小姐和她母親真是可憐。」

眾人聽他這麼說，紛紛點頭。鹿屋說這句話，應該是肺腑之言。這句話傳進我心坎裡，就像心臟被人刺了一根寒針，比在冷凍庫裡工作還要冷上百倍。

雨水滴落地板。這種地方不可能會漏雨。本以為是水蒸氣凝結成水，其實不然。那是從我眼中滿溢而出的淚水。

鹿屋輕拍我肩膀。

他應該是……不，他一定誤會了。光是知道這點，就已令我無比痛苦。如果可以，我真想離開這裡。

經過一段沉默後，久米島就像要揮除這沉悶的空氣般，雙手用力一拍。

「這話題下次再聊。近日我們大家一起去喝酒吧，在合約屆滿前。我先去上個廁所。」

「啊，我也要去。鹿屋與奧園一同步出事務所。三宅調整火爐的火勢大小，開始準備眾人要喝的茶。我一面幫忙，一面心不在焉地思索。

螃蟹說牠不懂什麼是生氣，牠一定也無法理解此時我心中的感受。就像一直有個苦澀之物在口中飄散不去般，一股猛然覺醒的罪惡感。

「咦，有電話。抱歉，我失陪一下。」

三宅取出放在口袋裡的手機，背對我按下通話鈕。看來，打電話來的是他兒子。

怎麼啦，力輝，媽媽呢？以溫柔口吻詢問的模樣，充分展現出他是位慈祥的父親。

如果他失去自己的孩子，不知道會怎樣？也許會變成惡鬼的面容，不惜下十八層地獄也要將兇手追到手。我暗自做這樣的想像，再度感到胸中發冷。

沒錯，我的想像力很貧乏。感到一股寒意直往上竄。甚至覺得手腳末端像結凍般隱隱作疼。呼吸困難，幾欲溺斃。

我抬起臉，想找尋充足的空氣。這時，我看到火爐旁那面控制板上的小燈。

有些是綠色，有些是紅色。紅色是上鎖，綠色是開鎖。

三宅仍沒轉過頭來。我迅速按下那不能打開的房間所對應的開關。

綠色的燈無聲地亮起。

之後我若無其事地擺好茶杯，喝著自己那杯茶。在三宅講完電話的同時，前去上廁所的那三人也回來了。時機搭配得剛剛好，宛如事先講好似的。

「真傷腦筋，今天幼稚園沒開，但我太太好像睡過頭，沒空煮晚飯。發薪日就快到了，正缺錢，不知是該叫我太太去買外食回來，還是讓孩子等我回家煮飯，或者是要第一次給孩子零用錢呢？真是個大問題。」

才剛回來就聽到這樣的牢騷，鹿屋馬上回了一句：

「何不叫孩子吃家裡現有的東西，等你回家呢？沒有這個選項嗎？」

啊，我沒想到這點。三宅雙目圓睜。他急忙撥打手機，向兒子們下達指示。我九點半會回家，在那之前，你們先吃洋芋片墊肚子，等我回家。

久米島在他背後道，你大兒子不是已經小學了嗎，你還沒給他零用錢啊？現在的孩子可真受寵呢。鹿屋與奧園聳了聳肩，輕聲笑著。

在他們兩人背後，平時不會亮的那顆綠燈，正閃耀著光芒。

休息時間結束時，佐佐木終於回來了。可能跑到哪兒去喝茶了。他一回來，我便走出事務所，直接往冷凍庫走去。

佐佐木要是沒發現開關被打開的事就好了，不，他不可能會發現。如果他是這麼敏銳的人，早就出人頭地了，也不至於會被流放外島。我腦中思索著此事，同時展開作業。

我看準時機，說我想去洗手間，暫停手上的工作。

而擔任場現監工的久米島，自然是朝我擺了擺手說，沒關係，別急，你就慢慢上吧。

我朝他行了一禮，離開那群口中呼出白煙，埋首工作中的同伴。我確認四周，朝入口處跑去。幾欲令臉部肌肉痙攣的寒氣，刺痛我的肌膚。

現在離剛才的休息時間已將近一個小時。在這段時間裡，佐佐木大多在打盹。我從窗口悄悄往內窺望，發現他何止打盹，根本就整個人趴在桌上睡了起來。

我從事務所旁的工具間取來門擋和手推車。為了不發出聲響，我扛起那台手推車。快步走在連肺部都快要為之凍結的冷凍庫內。微弱的亮光，朦朧地照亮因冷氣而迷濛的空間。

裡頭無風，但空氣不斷循環。流動的空氣形成的微風，不斷奪走我的體溫。頭頂乃至於四面八方，一再傳來隆隆聲響，感覺恍如在吹著大風雪的深山裡徘徊。

我這也許是白費力氣，但我心中莫名懷有一分確定。

門上亮著一顆表示已開鎖的綠燈，和控制板一樣。門把上結了一層像是針狀結晶般的冰霜，用力往後拉時，發出「啪嚓」的碎裂聲。門理應已開啟，卻無法打開。我施加全身的重量用力往後拉。隔著厚重的手套，傳來像是厚厚一層皮膚被撕下的感覺。

我架上門擋，走進裡頭。感覺連照進裡頭的亮光也為之凍結。裡面比時常待慣的冷凍庫還冷，光線朦朧。

而就在最深處的木箱後面，我看到了。一名表情猙獰，全身凍僵，半裸著身子的男人。我很快便猜出他是誰，他就是那位下落不明的前「業務部長」凍死的屍體。

我就像在執行平時做慣的工作般，朝地面與貨物連接的地面用力一蹬，就此搬動那具冰凍的屍體。

當然頗有重量。不過我並不需要抬起貨物全部的重量，就能加以搬移。我從事這項工作已有一段時日，所以深諳此理。我借力使力，用最少的力氣讓貨物滑行。把它搬上手推車，運往一般的冷凍庫。

取下門擋後，那扇不能開啟的門若無其事地靜靜關上，就像從家中的冰箱裡取出冰淇淋一樣。我慵懶地搬運一名已死的男人。

惹惱田淵的男人。為了死後要進一步羞辱，而被剝去身上衣服的男人。這樣的男人也有其家人，應該有人會擔心他的生死。

但此刻我卻沒有當時那宛如被一根寒針打入體內的感覺。再怎麼說，這個男人都不是我殺的。我的罪惡感終究只有這麼點程度。

我將屍體運往預定下週進貨日之前要清空的冷凍庫內，裝進一口像桶棺的大木箱裡。這原本是用來裝整尾鮪魚。之前久米島就是因為它而閃了腰。

這口木箱因為放下地面時過於用力，缺了一角，預定要丟棄。而處理這些不要的木箱和紙箱，自然就成了我的工作，所以其他人甚至不會發現它不見了。

忙完後，我若無其事地返回工作崗位。覺得自己做了一件無聊的事。螃蟹現在應該是飢腸轆轆地等我回去吧。我留給牠的少量魚板和鰤魚的雜碎肉，對牠而言就像小點心一樣。

今天就買肉回去吧。不滿一人份的雞肉和鮪魚生魚片，這樣螃蟹會滿意嗎？我心裡老牽掛著這種事。

感覺離下班還有好長一段時間。

＊

好熱。

醒來時已是下午一點多。假日的上午總是轉眼即逝，我疲憊的身軀渴求睡眠。不管再怎麼睡都睡不飽，但幾欲把人烤焦的熱氣，令室內氣溫攀升，讓我連淺眠都辦不到。

一百年後，日本的氣溫可能會和沙烏地阿拉伯一樣。電視上發表這種不負責任的評論，而今天也一樣播送無聊的新聞和娛樂節目。

到時候日本一定已從這世上消失。

我語氣平靜地抨擊道。每次只要新聞播報員吃螺絲，螃蟹就會笑著說「哎呀呀」。我吩咐過牠，只有我在的時候才能開電視看，不知道牠是否都乖乖遵守。剛睡醒的我，睡眼惺忪地望著正在操作遙控的螃蟹。

昨晚，看到我買回一整袋肉和魚，螃蟹做出側頭不解的表情。

『今晚不去狩獵嗎？』

牠那略帶遺憾的聲音，令我產生一股罪惡感。之前連著三天，我讓牠徹底享受在鬧街裡狩獵的樂趣，而現在卻態度丕變。螃蟹舞動牠的觸角，以清澈的雙眼注視著我。

「嗯，今天我有點累。不好意思，你就先以這個湊和一下吧。」

螃蟹回道『這樣啊，也對。你才剛工作回來，想必很疲倦』，很聽話地張口咬向那不帶骨的雞肉。

嗯～好久沒吃雞肉了。咦，這是牛肉嗎？好吃。我第一次吃呢。不只是好吃，應該說太好吃了才對。

望著螃蟹那專注用餐的模樣，我強忍住從賁門湧上喉頭的胃酸。

螃蟹那吸吮鮮肉的模樣，與平時無異。專注且純真地吃著我給牠的食物。改變的人是我。對哼著歌啃著鰹魚塊的螃蟹來說，此刻牠吃的東西，與平時捕捉的獵物並沒多大差別。

『你明天不是休假嗎？要去哪兒？我很想嚐嚐看小孩是什麼味道。有個地方叫原宿是嗎？下次帶我去那裡好不好？感覺就像是個吃到飽的地方。』

聽牠這麼說，我的內臟緊緊糾結在一起。我對螃蟹的疼愛，正逐漸轉變成等量的另一種物質。就像在做愛後，從對方身上感覺到的厭惡感一樣。

口中老覺得帶有苦味。又苦又酸的噁心感揮之不去。

「明天是吧。如果我狀況好轉的話，就到市都中心去吧。」

我明明不想這麼做，但為了討螃蟹歡心，我故意這麼說。螃蟹開心地搖晃牠的觸角，不斷製造出肉丸子。

想起昨晚的對話後，突然覺得一陣噁心作嘔。我低聲發出「唔」的一聲呻吟，就此從喉中嘔出。胃裡明明已空無一物，大腦卻還下達指令，要胃嘔出一切。我連衝向廁所的力氣都不剩，先說了一聲對不起，接著便朝空魚缸裡狂吐胃液。

『喂，你不要緊吧？』

螃蟹無比慌張。牠以蟹螯輕撫我的背，感覺說不出的舒服。在這種感覺的誘發下，我接連又吐了兩、三次。又苦又酸的胃液被吸入沙子中，黏稠的垂涎從我嘴角滴落。

舌根處不斷分泌唾液。就像發作般，胸膜無預警地痙攣，內臟猶如整個翻轉，不斷抽搐。

螃蟹惴惴不安地輕撫我的背，從魚缸裡傳來螃蟹的氣味，海邊那熏人的臭味。賁門在顫抖。我的呼吸道感覺到預兆，變得緊縮。從胃液已經乾涸的五臟六腑逸洩出痛苦的呼息。

唔……唔……唔哇。

面對我那近乎悲鳴的嗚咽，螃蟹急得來回踱步，努力想安撫我。你這是怎麼了，到底是怎麼了？牠以泫然欲泣的聲音詢問。

還不就是因為你吃的生物——我很想對牠這麼說，但我辦不到。因為牠什麼都不知道。我若責怪牠，根本就搞錯對象。我自己很清楚。

我揮開螃蟹輕撫我背後的蟹螯，吐了又哭，哭了又吐。

這痛苦的嘔吐反覆了將近一個小時之久後，終於平靜下來，螃蟹端來一個寶特瓶，戰戰兢兢地靠近。似乎是牠跑到一樓去找來的。我以顫抖的手指接過，將它一飲而盡。運動飲料的甘甜滲入全身。

「抱歉，嚇著你了。」

我已舒服許多，捧著被嘔吐物弄髒的魚缸走下樓梯。

『待會兒再處理就行了。你先躺著休息吧。』

螃蟹像母親般說道。

牠站在扶手上，手撐著牆壁，緩緩跟著我走下樓，動作靈巧無比。我問牠剛才也是這樣走下樓的嗎，牠語帶敷衍地回了一句『是啊』。下樓雖然很可怕，但上樓可就輕鬆了。原來如此，牠常在魚缸裡上上下下，所以只要掌握住訣竅，就難不倒牠。

我將髒汙的沙子淘洗過後，丟在庭院裡，仔細地刷洗魚缸。臭味可能會附著其上，於是我用洗潔劑一再清洗。螃蟹一直在旁邊觀看。我告訴牠，我會幫牠洗乾淨，牠以蟹螯輕撫我的背對我說，用不著在意，不用洗那麼乾淨沒關係。

牠的觸角不安地搖晃著。牠怕我像剛才那樣，嚴峻地把牠的蟹螯甩開。

你用不著那麼緊張，剛才真是抱歉。我望著螃蟹原本就沒表情的臉，微微一笑。螃蟹可能是鬆了口氣，朝撫摸我背部的蟹螯加了幾分力道。堅硬的甲殼觸感，令我覺得有點疼，但我忍了下來。

『你看起來好像很痛苦呢。怎麼了？你從昨天開始就怪怪的。發生了什麼事嗎？有人做什麼事惹你不高興嗎？這種事憋在心裡不好喔。有很多事，光是自己在心裡想，別人不會知道的。』

不懂生氣為何物的螃蟹，似乎也懂得不安。牠原本就是個聰明的傢伙。早晚能學會什麼是生氣。「我們去海邊吧。」

來到戶外，灼人的豔陽高掛中天。夏天晝長夜短。如今剛過夏至，都晚上七點多了，還是明亮如晝。

螃蟹縮小身形，停在我手上。比牠原本的體型要小多了。

我問他「怎麼了，變得這麼小」，牠悄聲回答道『因為我覺得不安』。儘管如此，螃蟹的存在感還是透過手掌強烈地傳來。那蠢動的觸感，嵌入皮膚的蟹腳。

海邊熱鬧喧騰。穿著泳裝的小孩和享受夏日運動的年輕人特別顯眼。看在螃蟹眼中，就像美食在牠眼前晃蕩一般，傳來牠難以按捺的情緒。「不可以。」我悄聲對牠說道，朝塑膠袋裡裝入一些海沙後，站起身。

『我們去廁所吧，把進廁所的人吃掉。這樣總可以吧？』

螃蟹似乎難忍肚餓，如此哀求道。

「抱歉，我仍覺得不太舒服，得早點回家才行。我可不想在路旁嘔吐。」

可能是想起剛才我嘔吐的模樣，螃蟹沒再央求，同意和我一起返家。

我將螃蟹放進重新裝好海沙的魚缸後，出門採買。我拿出所有的錢，買了兩隻全雞和進口的牛肉塊。在迷迷糊糊的情況下，一併買了撈垃圾的網子，最後應該只剩三張鈔票。

我這到底是在幹嘛。我突然覺得沮喪起來。擔心螃蟹，在意父母的反應真是個傻瓜。不過現在我仍無法輕易改變這一切。

乾脆他們全死了算了。

想到這裡，我頓時感到一陣寒意襲身。當時那寒針刺體的感覺再度浮現。強烈的疲憊感向我襲來，我在超級市場的長椅上坐了好一會兒。似看非看地望著購物的客人從我面前走過。

帶著幼兒的母親、推著購物車的老人、在放學的路上買東西吃的成群國中生。

他們每個人的對話都很小聲，但重疊在一起，便成了鼎沸人聲。宛如浪潮聲一般，忽大忽小，時近時遠。

感覺就像置身水中。眼前的視野無限地廣闊、蔚藍，冷氣開放的超市內有如結凍般寒冷。我逃也似地跑向外頭。

「不好意思，今天同樣用這些將就一下吧。」

好不容易返抵家中，當我將肉送往二樓時，螃蟹一臉睏意地打了個哈欠。

『你不用這麼在意我。不過還是謝謝你。這些肉我會拿來當消夜。現在還不需要。』

嗯？牠剛才看起來明明很餓啊。螃蟹的眼睛上下擺動，像極了人類眨眼的動作，我望著牠，說了一句「抱歉，打擾你睡覺了」，就此往下來到廚房。

不管怎樣，螃蟹沒說要狩獵，是再好不過的事。

再過幾個小時，我父母便會返家。在那之前，我一面準備晚餐，一面天真地想著此事。晚上七點，我父母一同返家。和平常一樣準時。一回到家，兩人一本正經地詢問我，白天有沒有聽到奇怪的聲音，有沒有看到奇怪的人在附近徘徊。

「奇怪的人？這種說法很含糊耶。現在是夏天，到處都是到海水浴場玩的遊客。」

怎麼了？經我進一步詢問後，我父母臉上明顯蒙上一層暗影。

「聽說在附近的公營停車場發現奇怪的東西，像是肉塊的圓形物體。有烏鴉在啄食……好像是人的屍體。」

我感到背脊發冷。就算背後被人潑了一桶冷水，也不會起這麼多雞皮疙瘩。我全身寒毛直豎。竟然會有這種事！怎麼會？怎麼會？怎麼會？

「也許近日警察會前來盤問。你今天一直都待在家裡嗎？」

我以變得不靈光的舌頭回答，說我只去了海邊，以及去超市採買。父親就只回了一句「這樣啊」。

「我馬上去放洗澡水，你先喝杯茶吧。」

我朝清洗乾淨的浴缸裡放熱水。不經意地望向浴室窗戶，發現紗窗半開著。這樣蟲子會飛進來，我急忙關上。先前在清洗浴缸時，紗窗應該是關著的才對。這時我猛然察覺一件事。

牠是從這裡出去的？

我感覺到雙腳發顫。之前螃蟹一直都只在我看得到的範圍內狩獵。但現在不同了。牠發現我變了，於是牠也跟著改變。

從窗戶吹進的風，帶有一股腥臭，是海風。理應是我熟悉的海風，現在卻覺得充滿不祥之氣。

我所做的晚餐，吃起來帶有海沙的味道。

『你的臉色好難看啊，你最好去醫院看醫生。』

回到我房間時，螃蟹一開口便這樣說道。我這是誰造成的！我強忍想要怒吼的衝動說道「才沒這麼回事呢。人的臉色會隨著年紀而改變，所以女人才需要化妝啊」。信口胡謅逗螃蟹笑。

幾分鐘前，我才將吃進肚裡的晚餐全嘔了出來，臉色當然很難看。

「你也差不多餓了吧？喏。」

我將整隻雞放進魚缸裡。明明已放入新的海沙，但裡頭卻不見半顆沙球。牠已無法從海沙裡的碎屑食物中取得滿意的營養。螃蟹動作緩慢地吃著雞肉。我凝望著在魚缸裡顯得空間狹窄的螃蟹。

『不要這樣看著我嘛。你從昨天開始就怪怪的。如果有什麼煩惱，要不要說來聽聽？有心事不該瞞著不說，雖然我也幫不了你什麼忙。』

這種話不是說給好朋友聽的嗎？在我過往的人生中，不曾有過可以傾訴煩惱的好友，所以此刻的心情五味雜陳。你自己明明有事瞞著我，還說這種話。我強忍心中的不滿，平靜地說道。

「嗯……其實我有件事想拜託你。但我不好意思說。」

是什麼事？難得你也會拜託我。螃蟹變大身軀，輕鬆地躍出魚缸。動作熟練至極。牠迅速靠了過來，很開心地搖晃觸角。

『如果是我辦得到的事，我一定幫你。我們可是朋友呢。』牠天真無邪地說道。

之前螃蟹也曾說過同樣的話。對了，是之前牠吃掉田淵的時候。想通後，我差點笑了出來。原來如此，對你來說，我真的是你的朋友對吧。看來，牠所言不假。

我最後還是忍不住笑出聲來。要是不笑的話，我可能會流淚。就像躺在病床上、大限將至的病人，淚腺總是特別發達。螃蟹忿忿不平吐著泡泡。

什麼，難道你不這麼想嗎？哇～我太傷心了。

牠以不顯得有多傷心的口吻如此說道。牠的模樣可愛，討人喜歡，我差點又哭了起來。

「那麼，我要是叫你吃了我，你會吃嗎？」

我並非真這麼想，但還是試著向牠詢問。要是牠回答「當然會」，我心裡的感覺還是一樣會很複雜。『我說你啊……』螃蟹長嘆一聲，那是打從心底感到驚訝的嘆息。牠感到驚訝，是對我的一種侮蔑。比起痛罵我一頓，這種侮蔑更加傷人。讓螃蟹搖頭嘆息的人，全世界大概就只有我一個了。

『我要是肚子餓，什麼東西都吃，但我不會吃自己的朋友。』

你會吃自己朋友嗎？

螃蟹的雙眼無比清澈，宛如映照明月的大海。那對晶亮的雙眼，不可能存有欺瞞。螃蟹說，會說謊的生物就只有人類了。被牠看透心思的我，伸手朝牠背後一拍。沒錯，你說得對，比人們說的話還要可靠。

『對了，你到底要拜託我什麼事？』

快說吧。

螃蟹心中的想法，無言地傳來。和一隻甲殼類動物如此心意相通有什麼用？還是說，其他人都是輕鬆地以這種方式交心？

「……我想請你幫我吃掉某個東西。」

螃蟹眼睛微挑，笑著道『小事一樁』。「這不是小事大事的問題吧。」我忍不住挑牠的語病。

明天你和我一起到工作的地方去吧。螃蟹以蟹螯發出一聲輕響，以此代替回答。

＊

隔天，我在那個托特包塞入毛巾，放了幾個像有需要用到的物品，和螃蟹一起出門上班。之前有過幾次一同搭電車行動的經驗，所以螃蟹表現得很平靜。現在並不是擁擠的上班顛峰時間。夜行性的螃蟹在袋子裡沉睡，平靜得如同死了一般。

這天溼度頗高，再加上是今年第三個酷暑日[4]。電車內很涼爽，但是從車站走到工作地點的這段路，卻是熱得足以將人烤焦。

在這段時間裡，螃蟹低聲呻吟道「就像待在烤箱裡一樣，我都快煮熟了」。我一面聽牠抱怨，一面在心中懇求牠別說話。走在路上的我，宛如被人擺在烤盤上燒炙。陽光照得大路旁的鮮花都為之枯萎。
公司裡很涼快，走進地下室後更是涼快。螃蟹像個老頭似地，吁了口氣。我也以類似的聲音鬆了口氣。
現在離上班時間還有四十分鐘。事務所裡空無一人，佐佐木出外用餐，我就是看準這點才提早到來。
我迅速換上工作服，將螃蟹連同袋子一起放進置物櫃裡。以多帶的毛巾輕輕包住螃蟹後，牠抱怨道『我還很熱耶』。
「這裡很冷。我會帶暖暖包過來，你快趁現在進去吧。」
取出暖暖包後，螃蟹不斷揮動著蟹螯。
『不要、不要，現在還有熱氣，用不著那麼麻煩。啊～真舒服。冷氣好涼快啊。這時候要是有冰過的生魚片，再加上報紙、電視，那就太棒了。』
瞧牠的態度，彷彿當自己來到了避暑勝地。
「真是的……到時候後悔，我可不管喔。休息時間是四個小時後，在那之前，你要是受不了，就自己拿來用吧。」

4. 原文為猛暑日，指一日的最高溫達三十五度以上的日子。

是，螃蟹以悠哉的聲音回答。

『原來你就是在這裡工作啊。冷凍庫是吧，真酷呢。』

可能是第一次到這種地方感到興奮，螃蟹跑出袋子外，四處走動。關上置物櫃時，為了謹慎起見，我再次叮囑牠。

「這裡一直都有其他事務所的人在，所以你一定要安分一點。要是四處走動，或許會被人發現……我可是先告訴你，不能吃掉那傢伙喔。」

是～牠的尾音下降……牠應該是原本打算要吃吧。

休息時間到了，我往置物櫃裡窺望時，螃蟹朝我伸長蟹螯，沒說話。牠全身微微顫抖，嘴巴動個不停，就像在說牠冷得牙關打顫似的。很明確地表達了牠的含義。連肢體動作也運用得這麼好，這傢伙真聰明。

我抱起袋子，急忙前往廁所。一進入廁所的隔間，螃蟹便連珠砲似地說個不停。

『這、這裡好冷！怎麼會冷成這樣。我最怕冷了。感覺我的關節在行動時都嘎吱作響了。說到冷凍庫，讓我想到之前電視購物的廣告，冷凍蟹腳兩公斤裝，特價一萬日圓。啊～冷死我了。』

不是告訴過你了嗎？我微微苦笑。

「你為什麼不用暖暖包？不是告訴過你，我放在一旁嗎？」

因為我無法撕開包裝嘛。螃蟹一臉認真地抬起蟹螯。原來如此，凍僵的蟹螯不方便撕開。我緩緩撕開袋子，取出裡頭的暖暖包。待它變暖後，以布包好，抵向螃蟹的腹部。

「要小心別造成低溫灼傷，也許會不小心煮熟喔。」

螃蟹誇張地發出『咦～』的一聲悲鳴。不過，為什麼我帶牠來，為什麼不讓牠快點把事情辦完，牠心裡很清楚。我總是做對螃蟹有益的事。

我看牠還是覺得冷，於是決定將自己用的暖暖包也塞進毛巾裡。牠叫我不必這麼做，但我聽而不聞，很小心地替牠安排，盡可能不讓牠受寒，也不讓牠灼傷。

『我問你，寒冷和寂寞這兩個詞，當初一定是源自同樣的語義對吧？』

螃蟹沒來由地說了這麼一句。

我在置物櫃裡的這段時間，覺得時間過得特別長。一開始覺得冷，但後來轉為覺得寂寞。我待在魚缸裡的時候，都不會這麼覺得。

螃蟹一定很希望我撫摸牠。牠沒開口求我，但我主動把手伸進毛巾裡，輕撫牠的腳。即使是厚手套也阻絕不了的寒氣，令我的手指冷得發疼，但螃蟹任憑我輕撫，沒半點嫌棄之色。

可能是被包在毛巾裡的緣故，螃蟹全身不帶半點水氣。理應很堅硬的甲殼，唯獨右側數下來的第二隻腳摸起來帶有一點柔軟。我輕輕握住那隻腳，牠似乎覺得癢，強忍著不笑出聲。

我見牠沒抗拒，便加重幾分力道，結果牠微微發出一聲悲鳴。如果會痛，牠大可抗拒，但螃蟹並不排斥我這麼做，就只是默默任憑我玩弄牠的腳。

在這個過程中，不知為何，我感到無比興奮。明明是在把玩躲在袋子裡的螃蟹身上敏感的部位，但我卻覺得像是在撫摸自己的敏感部位。

螃蟹微微發出嬌喘。那聲音就像是被人用力搔到癢處，酥麻難耐一般。在牠聲音的刺激下，我一時沒拿捏好力道。蟹腳處柔軟的肉芽前端發出一聲「啪嚓」的脆弱聲響，就此斷折。

「啊，對不起！」

那聲音雖然很細微，但聽得很清楚。與其說聽得清楚，不如說是透過手指傳來那股衝擊。像水一般的液體，從前端滲出。我反射性地收手，螃蟹一邊喊疼，一邊揮動著蟹腳。不過聽牠的口吻，似乎沒那麼痛。

對不起，對不起，很痛對吧？真的很抱歉。我慌了起來，這時螃蟹從毛巾裡探頭道：

『你用不著這麼緊張。雖然有點痛，但你們人類不也是偶爾會割破指頭嗎？我這種情形就像那樣，沒什麼大不了的。』

牠顫動著觸角。

我鬆了口氣，但同時也對螃蟹遇到這種事仍不生氣，感到可怕。

在喜怒哀樂的情感表現中，要是欠缺喜和樂這種正面積極的部分，往往會被視為有問題，但事實上，情感中最重要的部分，其實是怒和哀這個負面消極的部分才對。缺了這部分，要如何消化眼前發生的種種悲喜夾雜的事情呢？

『你最近很常發呆呢……該不會是因為我的緣故吧？』

螃蟹留下這句話後，說了一句『我要小睡一下』，便鑽進了毛巾裡。我的手指仍沾滿從螃蟹身上流出的體液。我像手指割傷時那樣，伸舌舔舐，嚐到又鹹又腥的味道，以及一股難以言喻的甘甜。

之前螃蟹說過的話，猛然浮現我腦海。身體所需要的，就是甘甜的感覺。

為了將這句話從腦中揮除，我粗魯地以工作服的衣袖擦拭手指。若不這麼做，我恐怕會一直含著手指不放。我重新調整毛巾和暖暖包的位置，輕輕地發出一聲長嘆，不讓螃蟹聽見。

休息時間轉眼即過。

「你還在拉肚子嗎？」

在工作時，鹿屋突然向我問道。我隱藏心中的慌亂，若無其事地向他扯謊。是啊，好像是冰淇淋吃多了。如果他沒問，我都忘了，上次我離開工作崗位時，就是以腹痛當藉口。

「你應該是腸胃不好。如果一直沒改善，吃藥會比較好。」

久米島也一臉擔憂地對我說道。說得也是，我會的。我如此回應，不過我其實是在替螃蟹擔心。

牠真的不會低溫灼傷嗎？不，會不會暖暖包不管用，而覺得冷呢？我弄斷牠的腳，會不會令牠痛苦難受呢？牠不會受不了置物櫃的狹窄和寒冷，自己跑出來，而和佐佐木撞個正著吧？

我的心臟發出溼答答的心跳聲。胃好痛。下班前的這段時間，長得令人難捱。像我這麼會操心的個性，絕不能有自己的孩子。我不由得對這世上的父母興起一股崇敬之情。

九點。工作終於結束了，我們三三兩兩踏上歸途，佐佐木也急急忙忙準備返家。沒有事情要忙，確實沒必要在這裡久待。再加上最近他剛交了一位女朋友，說好要跟對方約會。知曉此事的我，以老早就想好的理由當藉口。

「不好意思，我的手機好像遺落在倉庫裡……」

佐佐木很明顯地蹙起眉頭。那表情與其說是責備，不如說是不知如何是好。他的女友對時間和約定特別挑剔，他不想挨女友罵。

「可以的話，鑰匙寄放我這邊，走的時候我會把門關上的。這樣可以嗎？」

佐佐木眼睛為之一亮，就像在說我這建議給的真是時候。他沒理由拒絕。雖說我只是派遣員工，但我們在這裡待得比他還久。好在凡事我們都遵從他的意見，所以他信得過我們。而且我們也很習慣幫他收放鑰匙。

「那麼，鑰匙就拜託你了。啊，記得要關燈喔。」

佐佐木逃也似地離開事務所。確認他離開後，我從置物櫃裡放出螃蟹。

『啊～裡頭好擠，不過倒是很舒服。暖暖包真溫暖，我都有點用上癮了呢。』

休息時的那件事就像沒發生過似的，螃蟹緩緩伸展牠的腳，打了個長長的哈欠。我覺得自己完全明白螃蟹此時的表情。牠那不帶情感的複眼，帶有溫柔地向共犯詢問的神色。

你要我吃的東西在哪裡？

我從冷凍庫裡搬出前業務部長的屍體。

「你就把他當作是雪酪吃了吧。」

看到裝在木箱裡的屍體後，螃蟹一時露出掃興之色。

『你又殺人啦？這樣不行喔。如果不是為了吃而殺人，總有一天自己也會被殺的。』

難得牠會這樣說教。我覺得牠這番話簡直就是真理。不過，我明白螃蟹為何這麼說。因為這個人看起來難以下嚥。而且他一點都不年輕，是個中性脂肪偏多的中年人。

如果是個看起來細皮嫩肉的女人，牠應該就不會有意見了。

「你說得一點都沒錯。不過，這個人不是我殺的。是那個女人很久以前殺害的屍體。」

照理來說，我沒義務幫她處理屍體。倒不如說，她一定是希望日後有天那名男子的屍體能攤在陽光下，受盡屈辱。否則也不會刻意讓他全身脫得只剩一條內褲，送進裡頭冷凍。

螃蟹吹著泡泡。

『哦～原來是這麼回事。該怎麼說好呢，她這個人的個性還真是古怪呢。真刺激。我記得好像是我之前吃掉的那個人對吧？她都已不在世上了，為什麼你想替她善後呢？』

就像我一樣，螃蟹最近也能敏銳地感受出我的心情。我處理這具屍體的原因只有一個。世人都以為田淵失蹤，其實她已不在人世，我不想讓她成為一名罪犯。僅只如此。

當時田淵的母親應該已聽到關於她的傳聞。連身為派遣員工的我們也曾聽聞，一個毫無根據的流言。

她該不會是殺人逃逸吧？

不，應該是遭前業務部長怨恨，而被殺害吧？
他們兩人好像交往過。
咦，不是田淵小姐甩掉部長嗎？
應該是部長想結束兩人不倫戀的關係，導致她惱羞成怒，而向上級揭發部長盜用公款吧？
聽說盜用公款的事，被當作是田淵小姐所為，她才會遭流放外島。
那麼，她失蹤的事，又是因為盜用公款嗎？
全是一些無聊的內容。不過，做為有人失蹤或是遭殺害的原因，這樣的傳聞倒也不無可能。
我低頭不語。螃蟹見狀，刻意開玩笑道：
『算了。雖然有點冷，不太能接受，但這樣吃起來嚐不出味道，也許反而好。不過，可以在外面吃嗎？你們人類不是都在大太陽底下吃冰淇淋嗎？我也很想嚐嚐呢。』
面對牠那天真的要求，我笑著回答牠「好啊」。
我關好燈，檢查過事務所內的一切後，鎖上門。供運貨卡車進入的搬運入口，已拉下鐵捲門，所以我用手推車載著屍體和螃蟹，從緊急出口門離開。外頭無比悶熱。白天的空氣完全沒降溫，盈滿四周。沉悶的熱氣，空氣因熱而膨脹。

「我將手推車和鑰匙放好就回來。你吃吧。」

我留螃蟹在原地，原路折返。將手推車放回固定位置，把事務所的鑰匙歸還保安部門。在外頭繞了一圈，朝搬運入口旁的柵欄開了個洞，再次進入公司內。這麼晚了，幾乎空無一人，要潛入實在易如反掌。

螃蟹還沒用完餐。牠輕聲笑道『你很想看對吧』，帶有女人的媚態。

我吞了口唾沫。

我當然想看。如果可以，我還想再摸一次牠右側第二隻腳的肉芽。一股勝過罪惡感的悶痛，在我腰際隱隱作疼。

屍體冒著水珠，冷凍的肉開始融解。聽說冰淇淋也是在快融解時最好吃。牠剛才明明還說吃起來嚐不出味道反而好，現在卻又說這種話，一點都不難為情。

螃蟹無聲地變大身形。還是老樣子，就像氣球膨脹變大似的。唯一和氣球不同的，是螃蟹的甲殼堅硬，原本不會像橡皮一樣伸長。這隻動作不像是這世上之物的生物，才短短數秒的時間，已變得比我還要巨大。

這樣的話只要一口就能吃完。牠到底是什麼時候變得這麼大?

我在心中暗罵。螃蟹應該是在我不知道的地方吃了不少人。這幾個月來發生的失蹤案件，恐怕大部分都是牠幹的。

螃蟹迅速撲向那具屍體，發出像壓碎粗大樹枝般的啪嚓聲。螃蟹不時會偷瞄我。

做成三顆左右的肉丸子會比較好搬運對吧？面對牠無聲的詢問，我同樣無聲回應。是啊，如果能這麼做，那就幫了我一個大忙。

花不到兩分鐘便用餐結束。螃蟹的進食速度確實加快許多，我將屍體變成的肉丸子塞進事先準備好的塑膠袋。屍體化為殘渣後，仍未解凍。

螃蟹恢復成平常的大小後，揮動著蟹腳。

『啊～好涼快啊！連體內都結凍了，冰得我頭疼呢。』

這樣啊，螃蟹也會頭疼是吧。我笑著將裝有肉丸子的塑膠袋和螃蟹一同放進手提包裡。

「快走吧，有人來了。」

聽聞聲音而前來的警衛，以手電筒的亮光四處巡視，遠遠就能看到他。我迅速從柵欄的洞口來到外頭，佯裝成是路人。從手提袋裡傳來螃蟹「呵呵呵」的竊笑聲。

有什麼好笑的？我悄聲朝袋子詢問，螃蟹開心地笑道：

『因為你之前從來不曾向我請求。這次我終於稍微派上用場了，想到這裡就覺得很高興。』

這樣啊，我若無其事地加快步伐。只要螃蟹開心，我也開心。但是現在……

「我一定已無法再聽從你的請求。」

聽我這麼說，螃蟹就只是回了一句『這樣啊』。

我們像之前一樣在夜裡的街道上遊蕩。但螃蟹已不再對我說『發現獵物了，我們到那棟大樓裡面去吧』或是『那個人的肉看起來很軟嫩呢』。就只是不發一語地走在夜晚的市街上，像溺水般呼吸困難，螃蟹在手提袋裡靜靜地呼吸。

猛然回神，我已經走了好長一段路，離公司將近有三個車站那麼遠。走到腳邊都磨破了皮，隱隱發疼。

『我們搭電車回家吧。』

見我終於回神，螃蟹以安撫般的溫柔口吻說道。我像孩子般頷首。嗯，也對，我們回去吧。

當我搭上住家沿線的火車時，已將近晚上十二點。車廂上約有十名乘客，坐在各自的座位上，全閉著眼睛。我也找了個適當的位子坐下。回到我家那一站，需要將近一個小時的車程，所以下班返家時，我總會小睡片刻。這段時間很浪費，但覺得很舒服。什麼都不用做的輕鬆時間，一個被迫面對、無法避開的發呆時間。

意識逐漸遠去。

螃蟹在我的手提袋裡蠢動。坐我對面的女子一時猛然睜大眼睛，但她可能猜裡頭是貓狗之類的動物，於是又合上眼睛。不是獨自一人的安心感，我暗自在心裡對牠說「你要安分一點」。

不知道過了多久，勾在我手臂上的手提袋一陣激烈起伏。

『肚子好餓。』

螃蟹說完這句話後，從袋子裡爬出，以前所未見的敏捷速度從地上飛奔而去。來到車廂中央後，牠發出「嘎吱嘎吱」的奇怪聲響，身體膨脹變大，幾欲抵向天花板。我還來不及阻止，牠已抓起坐在位子上的乘客，猛往嘴裡送。牠的蟹螯一揮，人們還沒來得及尖叫便已被牠一把抓住，送進嘴裡大嚼起來。

「住、住手，我求你，快住手！」

我拚命阻止螃蟹。抱住牠的蟹腳，手忙腳亂地想要爬上牠的身軀。但螃蟹完全無視於我的制止，仍陸續抓起想逃走的乘客，丟進牠嘴裡。

嘰——

螃蟹發出像機械般不自然的聲音，臉上浮現愉悅的表情。面對眼前的慘劇，如果是以前的我，應該會很開心地欣賞，但此刻我無法直視。我反射性地雙手掩面。

有種噁心的溼滑感。手指因沾血而泛黑。我想出聲大叫，但宛如有個硬塊鯁在喉嚨裡，叫不出聲來。

隔壁車廂的乘客們沒發現這種情況。螃蟹迅速恢復原本的大小，以蜘蛛般的動作移動，以眼神示意要我『開門』。

不要，不要，我不可能再幫你了，我自己很清楚。

每個人都有其人生，有和他們關係緊密的其他人，各自扮演不同的角色。只有我一直以來都假裝不懂這一切，當作一切事不關己，明明不可能會有這種事。

我的手逐漸沾滿紅黑色，是腐敗的血色。手掌、手臂、胸口，逐漸都沾滿了血。任憑我再怎麼擦也擦不掉，黏答答的觸感。

螃蟹吃人，不流一滴血。我雖沒吃人，卻殺了人。所以那紅黑的血色，從我勒斃她的手指逐漸覆蓋向我全身。

田淵小姐、田淵小姐，對不起。

『車站到了喔。』

我因螃蟹那無比悠哉的聲音而醒來。我猛然感覺到一股視線，抬起頭來，發現坐我對面的女子正面帶微笑地注視著我的包包。她果然誤以為裡頭裝的是貓狗，眼神充滿期待，以為會有貓狗從裡頭探出頭來。多麼幸福的誤會啊。

原來剛才那場殺戮只是一場夢，我就此鬆了口氣，但過沒多久，我提起手提袋時，發現它變得沉重許多。這就怪了。我走下列車，雙腳還因剛才那場夢而顫抖不停，我到廁所確認後，果然沒錯，肉丸子變多了。

我當場癱坐在地，望向折起觸角、一臉尷尬的螃蟹。

『抱歉，我一時忍不住，因為人家很想吃嘛，當中我叫過你幾次。』

那臺列車在抵達終點站時，被害人遺留的物品應該會被當作失物處理。日後會送到死者家屬手上嗎？我就像醉得不省人事的醉漢般，無法站立，忍不住呻吟。螃蟹一直拚命解釋，想安撫我。

『我說，我吃掉的那個人睡著了。我一口氣將他吃了，他甚至來不及清醒。應該不會覺得痛，因為一直都在睡夢中。所以你別這麼難過嘛。』

不是這樣，才不是這樣呢，問題不是這個。

但螃蟹不懂我的感受，牠不知道我呻吟的原因。牠無法理解。此刻螃蟹無比慌亂，極力想安慰我。我實在不懂，既然牠這麼溫柔，為什麼會不懂我的想法呢？

「你在我看不到的地方，吃了很多人對吧？」

面對我突如其來的責備，螃蟹露出尷尬的神情。

嗯，對不起。我吃了幾次。你出外工作時，我跑到海邊去。螃蟹就像是個隱瞞的事被揭穿的孩子，坦白地供出一切。你生氣了？對不起啦。可是，你為什麼生氣？因為我用餐時沒讓你看嗎？

我不知該如何回答，感覺到一股寒意在背後遊走。我好像一直到現在才明白自己與這麼一個怪異生物同住的事實。我極力不讓想法顯現在臉上，但我沒把握不會被敏感的螃蟹看穿。

在回家的路上，我順道繞往海邊。雖已是深夜時分，但還是有三三兩兩的遊客。

每到夏天就會像蟲子般湧現，不守法紀的年輕人。等到天氣變冷，就會自動消失的這群人，在海水浴場附近來回奔跑，大呼小叫地施放煙火。

我來到海濱外圍一處沒人的地方，蹲下身子。我不想就這麼回家，將肉丸子放入海中沖走後，我仍心不在焉地望著浪潮打向岸邊。

很少有人會像我這樣獨自望著大海，一點都不符合這個季節的氣氛。我覺得自己稍微能明白那種感受。像這樣茫然望著不斷重複的畫面，心情會就此變得平靜，感覺彷彿自己成了其中的一部分。

螃蟹在我身旁調皮地做著沙球，但很快牠便玩膩了，改為四處蒐集浪潮打向岸邊的塑膠袋和空罐，爬到上頭。

我望著牠低語道：

「有某個國家的人好像會吃掉自己死去的同伴，將對方裝進自己體內，藉此加以供奉。聽說他們認為可以藉由吃，來得到那個人的知識或特質。」

螃蟹停止動作，湊向我身旁。

『供奉是吧，我不太懂這種感覺呢。死了之後不就成了物體嗎？明明就只是變成普通的肉罷了。人類還真是難搞。』

螃蟹做出側頭不解的動作，落寞地說道。不過，吃了之後確實會成為自己的血肉。像我，只要能活在這世上，有食物可吃，就覺得很幸福。

牠這句話說得對極了。要是大家都這麼想，可能就世界太平了。

「說得也是，人類確實很難搞。」

我試著講出莫名其妙的道理。原來這就是人類啊。螃蟹一臉感佩的模樣。或許是吧。我是螃蟹，所以不太懂。牠那灑脫的模樣有點古怪，於是我又對牠說了一次。沒錯，人類確實很難懂。

『還真是難懂呢……感覺真可憐。』

螃蟹深有所感地嘆了口氣。看牠流露這樣的神情，我的心情平靜許多。

「我們去撿垃圾吧。」

聽我提出這唐突的提議，螃蟹以高八度音長長地叫了聲『咦～』

怎樣，有哪裡不對嗎？經我這樣詢問後，牠改以正經八百的聲音回答道『我不是那個意思，我覺得這提議很好』。

剛才裝肉丸子的塑膠袋，現在改用來裝螃蟹撿來的垃圾。螃蟹活像是撿拾海玻璃的小孩般，開心地大呼小叫，四處撿拾垃圾。海濱的垃圾散落一地，轉眼已裝滿整個袋子。

大海變乾淨是件好事對吧？

螃蟹仍繼續開心地蒐集垃圾。總沒人見自己的家髒兮兮的，還覺得高興吧。

經這麼一提才想到，當初我就是在這處海濱撿到螃蟹。

那群年輕人的喧鬧聲，乘著風遠遠地傳來。真想把他們吃了，螃蟹悄聲嘀咕道。我故意裝沒聽見，對牠說「這樣啊，原來這裡就是你家」。『才不是呢，這裡不是我家，是所有生物的家。』

我很想問牠一句「裡頭也包括人類嗎」，但心裡覺得害怕，於是就此作罷。將蒐集來的垃圾全倒進路旁的垃圾桶內。

螃蟹緩緩地低語道：

『你真是個好人。』

聽牠這麼說，我沉聲應道「哪裡好啊」。螃蟹仍是低語道『儘管這樣，你仍是個好人』。

符合螃蟹標準的好人是吧，我不禁發出自虐的笑聲。

從以前就常有人說我是好人。這樣可以輕易明白，這表示我沒其他可以誇獎的優點。被人誇說是好人，很少有人會覺得不高興，而我就是這些好人當中的少數派。

「告訴你吧，真正的好人，在收可燃垃圾的日子，不會亂丟不可燃垃圾，而且也不會殺人。好人還有另一個稱呼，叫作聖人。所以這世上的母親大多是聖人。雖然當中也有一些例外。」

這是個頗為無趣的玩笑話，但螃蟹卻笑翻了，直說『說得對，一點都沒錯』。這時候，那些因夏日而歡騰喧鬧的年輕人，他們的聲音就像野獸的嗥叫般，在遠處響起。

＊

我得吃東西才行。

我浸泡在浴缸裡，腦中突然燃起藍白色的火焰。

仔細想想，自從那次狂嘔猛吐後，我一直都沒好好進食。雖然會覺得餓，但我完全想不出有什麼東西可以激起我的食欲。

我心想，只要填飽肚子就行了，於是試著吃超商的便當，結果全部吐個精光。我猜可能是太油膩不適合，便改吃番茄，結果卻又嚥不下去，於是我心想，就先不去管它，等到自己能吃再說吧，一律只喝飲料，倒也不以為苦。應該是天氣熱，覺得疲倦吧。我這樣告訴自己。

後來食欲突然毫無預警地回來了。

是四處走動奏效，還是別的原因呢？我肚子咕嚕作響。原本停止運作的內臟，又開始復工。口中唾液源源不絕湧出。我感覺頭暈目眩，眼睛無法聚焦，脖子以上的部位迷迷糊糊。感覺我的身體成了一隻只具備嘴巴、腸胃等消化器官的生物。

我又覺得想吐了。空腹還會覺得想吐，這實在沒道理。雖然沒道理，但一陣像打嗝前兆般的痙攣，從我腹腔湧出。我只能一面呻吟，一面等候這些反應從我體內消退。

好想吃，好想吃，我非吃不可。

可是，要吃什麼好？

我感到呼吸困難。

藍白色火焰愈來愈大，像鬼火般詭異地搖曳，膨脹變大，猶如慶典的篝火。感覺得出脈搏愈跳愈快，宛如皮膚下躲著一隻心跳急促的小動物。我腦中發出軍鞋踏步的聲響，沙沙沙沙，保持固定的節奏，血液在腦內奔流。

我想到了慶典。找尋獵物，燒烤，依序往嘴裡送，那遙遠而又令人懷念的激昂情緒。遲遲沒輪到我。我等了好久、好久。等候的這段時間既沉悶又焦急，而且飢餓。

在焦急的情緒下，我想到了螃蟹。

在螃蟹的甲殼裡，應該也會燃起這樣的想法，因而爬出魚缸，翻越窗戶，在我不知道的地方沉浸在獵食的喜悅中吧。想到這裡，便覺得螃蟹的行動很合情合理，就生物來說，這是很正常的行為。

肚子再度咕嚕作響。

發出聲響的，與其說是肚子，不如說是喉嚨深處。感覺像是有人拿著一把磨至極限的薄刃，輕撫我的胃壁。飢餓是一種原始的感覺。有種預感不斷向我腦中湧來，接下來的幾個小時，我要是再不進食，生存所需的細胞將會開始一一剝落。

我連頭頂都浸入溫水中，附著在皮膚上的汗水和油膜逐漸融解，水中的視野和透過扭曲的玻璃看到的景象沒多大差別，以前我在海中溺水的記憶再次甦醒。水中冒出好多人的軀體。是到海邊遊玩的男男女女胸部以下的身軀，黃色、綠色、橘色、粉紅，以各種顏色的布料遮蔽局部的這些人體，活像是倒著生長的詭異海藻。

之所以會有這種感覺，是因為我整個人倒栽蔥。我看見數隻腹部閃著銀光的小魚，急促地從這些人當中游過。

我呼吸困難，極力想抬起臉來，但當時我以為天地整個倒轉，一時之間不知如何是好。雖然很想慌張，但頭腦卻出奇冷靜，連要掙扎都辦不到。怎麼辦、怎麼辦？

接著「嘩啦」一聲，我從水中探出頭來，我努力想憶起自己當時是如何獲救，卻怎麼也想不起來。自從與螃蟹相遇以來，不時思及此事，仍感到胸鬱氣悶。那種痛苦，與溺水時不知如何是好的心情頗為雷同。

我站起身，感到一陣暈眩。從窗口望向天空，只見窗外一輪明月高懸。我朝它凝視了半晌，覺得空腹感已略微平靜。

我緩緩從浴缸中起身，穿上衣服，坐在更衣間的洗臉台上，等候汗停。

此時螃蟹正縮著腳待在狹小的魚缸裡，靜靜地安眠。

要是我躡手躡腳地走近，然後猛然將牠翻面，趁牠無法動彈時，扯下牠所有蟹腳，不知牠會說些什麼？會以少女般的聲音發出尖叫，乞求我原諒嗎？

螃蟹無法逃脫，也無法抵抗，要是我將牠腹部的蓋板剝開的話，牠會以什麼樣的聲音哭喊呢？

我對腦中的胡思亂想嘆了口氣。不論什麼時候，螃蟹都不會折磨牠的獵物。會享受這種殘酷遊戲的，就只有人類和貓了。回到房間一看，果然和我想的一樣，螃蟹緊緊地塞在魚缸裡睡覺。

儘管變回牠平時的模樣，也同樣是擠在魚缸裡，腳無法伸展。牠倚著背面的牆壁，規律地呼吸著。紫褐色的甲殼配合呼吸上下起伏。我就像抱起沉睡中的孩子般，溫柔地撈起牠，抱在胸前，螃蟹微微動著蟹腳。

『嗯……？怎麼了？』

牠充滿睏意地悄聲問道。

沒事，你儘管睡。我抱著螃蟹走出房間。可能是走下樓梯時的震動讓螃蟹覺得舒服，牠以陶醉的聲音應了聲『嗯』。我很小心不發出腳步聲，緩慢地走著，傳來微微的打呼聲。

牠是這麼沒戒心，這麼信賴我。我突然感到悲從中來，朝螃蟹的甲殼獻上一吻。

牠右側第二隻腳的根部驀然映入我眼中。之前只有象牙色的小凹坑，但現在已長出肉瘤狀的腳芽。

白天時發出啪嚓一聲，就此斷裂的那處柔軟的部位。每次脫殼都會變大，如今已變得像含苞待放的花蕾般高高地鼓起，我好幾次都想湊過去加以吸吮一番。螃蟹身上散發的氣味，讓人分不清是海岸邊的氣味還是肉的腐味，令我備感落寞。

自從經歷小時候那次溺水事件後，我就對大海充滿恐懼。彷彿有神秘莫測的生物在遠方的浪潮間出沒。喪命海中的人們，也就是當時有可能喪命海中的我，那種無法呼吸的感受，彷彿至今仍在水中無聲地掙扎著。螃蟹散發出的氣味，喚醒我當時的恐懼。

螃蟹放鬆全身的力氣，把自己交給了我。抱起來沉甸甸的。

像這種看起來不太可靠，身上還帶有裁切線，彷彿可以輕鬆將牠解體的生物，卻令我深感畏懼，但同時又愛不釋手。如果有哪個女人得知她芳心所屬的男人是個殺人狂，偏偏卻又離不開他，那就可能會明白我的感受。

之前我在浴缸裡尋思，我得對螃蟹做些什麼才行。至少不能再這樣下去了。

結果我突然感到一股飢餓感，一股難以控制的渴望。空腹時的那種不知如何是好的感覺，與想要對螃蟹做些什麼的念頭，有其相似之處。

之前我和螃蟹為了尋求獵物而在街上遊蕩時，螃蟹一定會向我使眼色，告訴我牠要的獵物是哪一個。

但如今螃蟹已學會獨自狩獵。就算沒有我在一旁幫忙也能自己生活。再加上牠現在的體型，只要想到牠狩獵時的模樣，就明白現在憑我的力量已阻止不了牠。牠已不再是矮小的生物。

螃蟹已不再需要我。

想到這裡，頓時有個苦澀之物在口中擴散開來。我緩緩地搬運螃蟹，同時在心中盤算，這是最好的做法。然而，螃蟹沉睡時的天真以及牠的重量，都令我湧現一股濃濃的情愛。直到現在，牠仍是我的摯友。我不得不承認這點。

雖然我喜歡你，但我們已不能繼續在一起。

我悄聲說著像情侶分手時會說的話語，毫無邏輯可言。螃蟹發出像少女般的呼息。平時立在頭上，東張西望打探四周的眼睛，此時則完全收在眼窩裡，兩對觸角也貼著甲殼垂落。一動也不動，發出流暢而平靜的呼息。

螃蟹沒有眼皮，所以難以分辨，不過牠睡得出奇地沉。就算摸牠嘴角，輕輕扳牠的蓋板，牠仍舊只發出規律的呼吸聲，沒半點呻吟。

也許螃蟹是在裝睡，這難不倒牠。我朝螃蟹仔細打量，好久沒以如此平靜的心情凝視牠了。自從牠以人類為食後，我便不曾以如此平靜的心情看過牠，雖然心中還是存有恐懼與執著。

好強韌的肉體啊。

既美麗又駭人的節肢。那蟹腳一起蠢動的模樣，如同是一種舞步。腳這種東西，與地面接觸的面積愈少，跑起來愈快。從這個理論來看，螃蟹的腳尖又尖又硬，可以跑得比和牠同樣大小的賽馬還快。

那讓人聯想到結實腹肌的腹部，微帶溼潤。沾在上頭的沙子描繪出斑點的圖案。我像在替牠搔癢般，輕輕拂去牠身上的沙，牠可能覺得舒服，觸角微微一震。並順勢吁了口氣，模樣性感撩人。

我滿心期盼螃蟹能脫下甲殼，化成人形。會是與牠那略顯尖細的聲音很相配的少女，或是符合牠那開朗口吻，與我年紀相仿的青年，還是與牠老成的一面匹配的壯年人呢？是哪種樣貌都沒關係，只要牠能保證再也不吃人就好。

這是不可能的，我心知肚明，螃蟹怎麼可能會變得不像螃蟹呢。

我壓低聲音嘲笑自己的愚蠢，但那卻化為伴隨呻吟流下的淚。

『你別哭嘛。』

螃蟹突然如此說道，那是略帶疲憊的溫柔聲音。

可能是在說夢話吧，螃蟹接著又說了幾句語意不明的話後，再度打起呼來。看牠這副模樣，有幾次差點令我打消念頭，但最後我還是來到了廚房。

銅製的深湯鍋裡，開水已煮沸。在大火的焚燒下，鍋緣熠熠生輝。我猶如經歷了一趟漫長的天竺之旅，形疲神困。所以我絕不能失敗。螃蟹在我的臂膀裡，始終保持沉默。已聽不到牠的打呼聲。

我能將螃蟹丟進這沸騰的滾水中，望著牠一面掙扎，一面被煮熟嗎？

螃蟹那紫褐色的甲殼，應該會因受熱而逐漸染紅吧。加了好幾匙鹽，溫度超過攝氏一百度的熱鍋地獄，應該能讓構成牠身體的蛋白質迅速凝固。

我想起螃蟹之前說過的話。受憤怒支配的人們被螃蟹一口咬下的瞬間，頓時力量全失，原本的憤怒昇華成另一種東西。

螃蟹似乎知道答案是什麼。當時要是能向牠問個明白就好了。此刻牠正邁向死亡。然而，螃蟹卻無比安靜，就像已經死了一般。

「你為什麼不逃?!」

我不禁朝牠怒吼。螃蟹仍是沉默不語。如同一名接受刑罰的罪犯，靜靜地垂眼望著地面。

如果以人類的法律來裁決，螃蟹確實有罪，但若以生物的法則來思考，牠何罪之有？如果為了生存而吃算有罪，那麼，一切生物都有罪。若真是如此，那不就只能詛咒這不吃東西就沒辦法生存的身體嗎？

「你只要殺了我，不就行了嗎？為何不殺了我，把我吃了！」

我將螃蟹舉至熱鍋上方。熱氣滾燙。熱氣直接蒸向螃蟹的腹部。我的手因為牠的重量而顫抖，但螃蟹卻仍繼續裝睡。

為什麼，這是為什麼？這空虛的提問，在空中煙消霧散。我求你了，快點變大從我手中逃脫。這時，螃蟹終於打破沉默。

『我說你啊，要動手就快點，因為我不喜歡拖拖拉拉地受苦。你將我放進去後，請馬上蓋上鍋蓋，火開大一點。』
牠那灑脫的口吻，令我為之愕然。
我說你啊……我一時為之破音。既然知道我想做什麼，為什麼不逃？為什麼不反抗？你到底在想什麼！
『請把我吃光。如果是由你來吃掉我，那也不壞。畢竟也不能一直這樣下去……要生存就得吃，不是嗎？』
留下這句話後，螃蟹毫不猶豫地朝我手臂一蹬，掉入鍋中。
傳來噗通一聲，水花飛濺，爐火搖曳。螃蟹既沒掙扎，也沒慘叫，瞬間甲殼轉為鮮紅。我急忙伸手救牠，但已然遲了。螃蟹在滾水沸騰的鍋底，只發出一聲嘆息，便就此熟透。

東方漸露魚肚白，我像個傻瓜般癱坐在廚房地板上。
我浸在熱水中的雙手紅腫，指甲發白。皮膚就像麻痺般，有種像被剝去一層皮的刺痛感。那是隨著脈搏跳動的痛楚。之前我與螃蟹共處的那段時光，像走馬燈般從腦中閃過。
螃蟹確實是個好人，稱得上善良。當然了，這是以我的標準來說。過去一直是人們口中的好人，對此不曾感到喜悅的我，竟然用同樣的話語來評價螃蟹，當真滑稽，但我也只能這麼說。

先前螃蟹身上散發出的岸邊氣味，已完全消失，改為飄散出甲殼類動物煮熟後特有的香味。

那盈滿廚房的氣味，令我淚如泉湧。我突然再度感到飢腸轆轆，這更加引我落淚。我用力擦拭眼角的淚水，伸進熱水中的手無比疼痛。疼痛同樣令我想哭。

「……你在做什麼？都幾點了……」

當我用冷水沖手時，在二樓睡覺的父母不知是聽到聲音，還是聞到味道，戰戰兢兢地探頭觀看。

父親想必是以為有小偷或可疑人物闖進，手中緊握高爾夫球桿。如果用那玩意兒就能擊退，那小偷也太沒用了。「現在的小偷都會攜帶危險武器，所以你最好別隨便亮出那種不管用的道具。」我吸著鼻涕，向他提出沒半點助益的忠告。

「嚇死我了，你肚子餓是嗎？」

父親將高爾夫球桿立在餐桌旁。頻頻抽動鼻子嗅聞，皺著眉頭說了一句「是螃蟹啊」。我原本心想，有過敏的人連聞到氣味都覺得不舒服是嗎，但我似乎猜錯了。他朝鍋裡瞄了一眼後，含著手指。

「真香呢。只要是可以吃的東西，自然就會想吃。啊～不過你大可不必顧慮我們。」

用不著這樣偷吃，我們不會生氣的。適時的誤會，令我鬆了口氣，我馬上向他道歉「我心想，早點吃比較可口，所以一時忍不住。抱歉，吵醒你了」。

我緩緩將鍋裡的螃蟹移往流理台的水槽。燙傷的皮膚一遇到熱氣，益發疼痛。啊～螃蟹想必更痛。想到這裡便感到心如刀割。

之前被螃蟹吃掉的田淵小姐，以及其他被害人，一定也很痛苦。

我任憑想像力馳騁，心想，我的肚子會不會就此撐破呢？結果並沒有發生這種事。要是肚子真的撐破，從裡頭鑽出成千上萬的小蟹，那就好了。如果能像某種蜘蛛那樣，讓幼小的蜘蛛吃自己的肉，那也不錯。

「好大隻啊，這是什麼蟹？」

母親從冰箱裡拿茶出來喝，頻頻後退，盡量不讓螃蟹進入眼中。她天生就討厭多隻腳的生物，似乎還有無法克服的蜘蛛恐懼症。明明就不可能有這麼大的紅色蜘蛛，但是對怕蜘蛛的人來說，還是很嫌棄。

「叫什麼螃蟹來著？我忘了問，要是能問清楚就好了。」

哦，是別人送的是嗎？真慷慨呢。我父母互望一眼。他們對我說了一句「那你就慢慢享用吧」，再度返回寢室。我沒替螃蟹取名字，而我也沒問過牠是否有名字。我連這種事都沒注意過，我應該和牠多聊聊才對。我發出一聲微弱的長嘆。

我在餐桌上攤開塑膠袋，將螃蟹放在上頭，擺出翻面的姿勢，如果是昆蟲，這種姿勢意謂著死亡，我緩緩合掌。

「我要吃了。」

我扯下蟹腳、蟹螯，以牙齒咬破硬殼，吸吮肉汁。以鹽水煮過的肉汁，連同鹽分一起來到我嘴裡。

入口甘甜。

那不是砂糖調出的滋味，我的口腔黏膜正享受著蟹肉的美味。儘管蟹殼劃破我嘴唇也不在乎，我不停地吃。我專注地吸吮，甚至忘了停下來喘口氣。右側從上方數下來的第二根蟹腳，那尚未完全長成蟹腳的瘦弱部位，我連殼一併咬下。雖然有點硬，但與其他部位相比，就屬這處的皮膚最為脆弱。咬碎、吞嚥的行為，有種難以言喻的歡愉。

可口，美味，回味無窮。

才一眨眼工夫，我已啃完蟹腳，開始吃起最大的甲殼部位。

水煮過的背部，此時紅得讓人聯想到剛滴下的動脈鮮血。腹部富含乳脂，呈奶油色。我伸手搭向蓋板，上頭的一層薄皮扮演著門鉸鏈的功能，經過一陣微微的抵抗後，無力地脫落。我將手指伸進裡頭，將牠凹凸不平的腹部剝下。腹中的肉與肉之間，有複雜交錯的半透明蟹殼。一旁有一排顏色混亂的鰓。

我如喪考妣，心中備感落寞，專注地刨挖著蟹肉。會讓人誤以為是陶鍋的大甲殼，裡頭滿滿都是綠灰色的蟹膏，我把蟹肉放進裡頭。面對眼前滿滿的食材，益發激起我的食欲。再怎麼吃也吃不飽。

仔細想想，螃蟹真是廢棄率[5]高的生物。牠的體重有六成都是外皮所造成。層層疊成的硬殼，就像蠶豆豆莢般，完全中空。

完成這項工作後，我這才將嘴脣湊向甲殼。白色的蟹肉沾滿了綠灰色的蟹膏。我將它迎入口中。

微帶一股腥味。由於甲殼太大，裡頭沒徹底煮透。但緊接著下個瞬間，一種難以用言語形容的迷幻感貫穿我全身。

濃郁的海岸氣味，脂肪與蛋白質融為一體的香濃甘甜。那是很純淨的營養素凝塊，會發出聲響，轉變為細胞，化成血肉。

就是這種感覺！為了得到這個喜悅，所有生物每天瘋狂地求生，以取得食物。我意識到過去不曾感受過的歡悅，專注地大啖蟹肉。連黏在甲殼底部的一滴湯汁也不放過，舔舐得乾乾淨淨。我不自覺地吁了口氣。

啊～

我獨自因這種激昂的情緒而喘息。先前因飢餓而痛苦糾結時的基因記憶，正逐漸

5. 不能吃的廢棄物重量，在總食材總重量中占的百分比。

得到療癒。

在窗外射進的清晨陽光下，螃蟹的殘骸宛如一具完整的遺骨，尊貴地坐鎮其中。我朝它合掌膜拜，說了一句「謝謝你賜我這一餐」。我以塑膠袋包好螃蟹的遺骸，捧在手中，邁步朝大海走去。

大海一片平靜。同時也無比喧鬧。不論春夏秋冬，浪潮聲都不曾止歇。送來海沙，復又捲入海中，抹勻成一處平順的坡道。

我就像之前將化為肉丸子的屍體放入海中沖走那樣，將螃蟹的甲殼拋進浪潮中。就像破裂的玻璃在浪潮和海沙的磨削下變成圓形那樣，螃蟹的甲殼總有一天也會碎裂成海沙的一部分。這幾個月來，我和螃蟹一起度過的時光，彷彿打從一開始就不存在過似的。

自從小時候溺水以來，曾經是那麼敬而遠之的大海，現在卻對它充滿好感。日後我死了，就採海葬吧。就此成為海裡小生物們的糧食吧。我終於決定好自己的用途，對此感到無比雀躍。

我開始撿拾散落在海岸邊的垃圾，裝進空塑膠袋裡。心無旁騖地撿拾海水浴場遊客丟棄的空罐、寶特瓶、點心袋。就像之前螃蟹那樣。

「哦，在清理垃圾啊，精神可嘉。」附近的居民對我說道。「我是一早趁天氣涼爽，到這裡散步。」老先生親切地笑道。我也和善地回以一禮。

「說到最近的年輕人啊，都在這一帶玩樂喧鬧，忙到三更半夜，滿地都是煙火的碎屑。都是一些外地來的傢伙，真會給人添麻煩。對了，前不久在市營停車場發現奇怪的屍體，你知道這件事嗎？」

我心頭為之一涼。關於那名已經不在人世的兇手身分，只有我知道。我簡短地應了一聲「嗯」，注視著老先生。

「那名死者，應該是遭到了報應。」

報應是嗎？我虛驚一場，莞爾一笑。「這可一點都不好笑喔。老天爺可都在天上看得清清楚楚呢。」老先生一本正經地說道。

「那天有一群年輕人在停車場喝醉酒大打出手。他們互相叫嚷著要殺死你，去死吧，淨說些可怕的話，吵鬧不休。我當時心想，或許該叫警察來處理，結果聽到一個聲音喊道『打架兩邊都該罰』，接著突然完全無聲。因為變安靜了，所以我也沒過去看……」

屍體應該就是他們那群人之一吧。老先生佯裝成很沉痛的表情，但他的眼神卻像在說，死了個吵鬧的年輕人，清靜多了。

如果老人說得沒錯，那應該是螃蟹給予制裁。螃蟹之前說過，牠一看到焦急、生氣的人，就想吃了他們。牠只是因為想吃而吃，應該不可能是神明指使牠這麼做。

「打架兩邊都該罰是吧，說得沒錯。」

在我不知道的地方，說著很像是螃蟹會說的話，想到就覺得好笑。老先生不懂我笑的原因，露出納悶不解的表情。

沒去看是對的。要是去了，恐怕也會有同樣的遭遇。老先生突然一副泫然欲泣，不知如何是好的表情，搔著頭說了一句「真是嚇壞我了」。

「今天應該也會有年輕人來這裡喧鬧。夏天總會發生不少案件，教人傷腦筋。小偷也愈來愈多，車上財物遭竊的事也層出不窮。大海變得愈來愈髒，真討厭。」

這樣啊，真是一群教人頭痛的傢伙。我將裝滿的塑膠袋袋口束緊，在心中暗自低語。

那些汙染大海的人自己應該是沒感覺吧。一定就像以前的我一樣。那麼，或許也會像以前的我一樣，殺了人一樣沒感覺。

我對老先生說：

「那些汙染大海的人要是能從這世上消失就好了。」

老先生花白的眉毛微微上挑，回了一句「是啊，一點都沒錯」，便緩緩邁步離去。他的腳印在沙地上形成長長一條線，接著旋即被大浪舔舐得無影無蹤。

海浪輕撫我的腳，縮在沙地裡的貝殼噴出海水。我望著牠們的動作，不管看幾個小時都不會膩，這時我突然想到此時正在我腹中被消化的螃蟹。在臨死之際，自己躍入熱水中的螃蟹，牠綠灰色的腦髓裡，到底存有什麼想法呢？

日後當我進入大海時，螃蟹所說的『領悟』一定也會降臨我身上。我知道這個名稱，但現在思考這個問題還嫌太早。

我現在所擁有的，是活力十足的衝動。

我想吃。

我非吃不可。

為了生存，就只是為了這個。

因為活著是很幸福的事。

浪潮聲忽遠忽近，不斷在耳畔響起，永不止息。

百合的火葬

如果你不要，請給我。請把那孩子送給我。

原本嘈雜的車內頓時安靜無聲。只有電車行駛的聲音和震動仍未停歇，再來就是「媽媽、媽媽」一陣夾雜怒意的尖叫聲。有個孩子將他小小的鞋子踢飛，放聲大哭。他母親不予理會，冷眼瞪視，那孩子還是只管哭。好個硬脾氣的孩子。

我明明叫你安靜，你怎麼就是不聽話呢？你老是這樣，你這孩子到底是怎麼了？

母親是在生那孩子氣，不是在罵他。那是尖銳、不耐煩，甚至帶有一絲憎恨的聲音。

這位年紀尚輕的母親，面帶倦容。就像抑制不了心中的不耐煩般，別過臉去，不看自己的孩子。孩子不管再怎麼叫喚，母親都不願轉頭看他，他心裡急，就此哭得更大聲了。

面對乘客們尷尬的目光，母親的聲音益發尖銳。吵死了！快閉嘴。

這是很常見的景象。我心裡明白，卻還是忍不住感到胸口發疼。就像舊傷因溼氣重而發作般，一路痛到下腹。我很想抱住那名哭泣的孩子，向他柔聲安慰道「有我在你身旁，別哭了」。

我才是你真正的母親。

如果我像魔女般將孩子騙回家，不知道會怎樣？

我的胡思亂想很快便結束。母親拗不過孩子，一把抱起他，輕拍他的背。一面搖晃孩子，一面哄他。哭鬧的孩子這才停止哭泣，再次叫喚他母親。

媽媽。

什麼事？

媽媽。

怎麼啦？

態度起了一百八十度大轉變，改為撒嬌的對話。宛如這處空間裡完全沒其他人的存在般，他們重複展開簡短的交談。

終究還是贏不了真正的母親。我那幻想的魔女垂頭喪氣地離去。一抵達目的地車站後，我便逃向月台。喪服的下襬因強風而翻飛。

睽違十多年，重新踏上這處市街，已不見往昔的風貌。每天看便不會發現的細微變化，只要日積月累，也會有很大的改變。這處市街呈現出不易親近的市容，茫然地坐落其間。

我站在鋪石板地的站前馬路上，望著一旁唯一有印象的某家滿是油汙的肉舖屋簷，走進巷弄裡。接下來我只能憑藉直覺，往西北而行。穿不慣的黑色高跟鞋，令我腳底發疼。我的腳跟起水泡，絲襪內側滲出組織液。我知道自己的小趾因為受壓迫而弓成奇怪的形狀。腳底足弓上方長繭，一旦長了繭，它就會賴著不走，讓皮膚變得又乾又硬。柏油路的硬度直接傳向腳底，「真硬」，我暗自嘀咕，很勉強地走著。

抬頭一看，天空掛著彎彎的新月。四周是頻頻閃爍的星群。因大氣的波動而變得迷濛的亮光，就像承受不了自身的重量而滴落般，就此落下。空中不斷有光痕劃過，足以掩蓋停在在固定位置上的星星。

是流星雨，我不知道當中以哪個星座為首。

我所知的星座，就只有仙后座和獵戶座。連占星的十二或十三星座都回答不出的我，朋友笑我太欠缺女人味。

流星拉出長長的光束往下墜。好奇怪的流星。向星星許願是世人的習慣，我也不自主地朝它許願。希望能早點找到，我一定要見到那孩子，我想和他見面。

當我因腳底的疼痛，而連腦袋也跟著發疼時，一棟似曾見過的雙層樓房發出迷濛亮光，出現我眼前。我來到它前面一看，門牌底下貼有一張紙寫著「覺制」，強烈散發不祥的氣息。

那是四周設有圍牆的房子。積著厚厚一層灰的外廊、細格子木製拉門、位於庭院的一口古井，相當引人目光，是很質樸的鄉間小屋。房子風格獨具，彷彿訴說著「我已在此地扎根多年」。要是再加上蜘蛛網密布，雜草叢生，應該會成為附近孩童試膽量的絕佳場所。就是這裡，沒錯，還是老樣子沒變。

話說回來，三更半夜的，為什麼只有這間屋子發出亮光，出現在我眼前呢？這種現象，就像是不管在多嘈雜的場所，只要是自己想聽的人發出的聲音，一樣可以清楚聽見。

這一路走來，我一直在腦中描繪這裡的情景。憑藉著歷經十多年，都已變得模糊不明的記憶。

「……請問有人在嗎……」

我出聲叫門，打開門口的鐵柵欄。我深深覺得，老舊獨棟房的大門實在很不可靠。那簡陋得教人同情的門閂，只要一伸手就能輕易打開。

只有大人胸口般高的門，具有阻隔外界的功能，無意識中布下了結界。那是不可侵犯條約，向人宣誓前方是別人家的土地。但這戶人家的門牌處沒設門鈴，所以我也沒其他辦法。

從門口走到屋子前，約十公尺的距離。一路上鋪著因露氣潤溼而閃耀黑光的卵石，我很不想一腳踩下。「這石頭叫作那智黑，價格不菲」，某人曾自豪地如此說道，那聲音就像昨天才聽到過似的，再次浮現我腦海。

誰要踩啊！

我被無謂的憤怒左右，猛然抬起頭，發現庭院南邊角落有一棵半枯萎的柿子樹。看到意外出現在一旁的一張熟悉面孔。那是長著茂密的綠葉、正要長高茁壯的百合嫩芽。我有種與老友重逢的感覺。我從以前就這樣，和人親近不起來，但是面對草木，我總能感到心情放鬆。

以頭頂的淡色調為中心，葉子往四方延伸。寬闊的葉子就像在保護柔弱的皮膚般，相互交錯。想到它們一直在這座庭院裡扎根，每年開花，就覺得無比憐惜。

「你還在這裡啊。」

我輕觸葉片。深邃的綠，宛如塗過亮光漆的表面，觸感略帶溼黏，質地如同人造花一般。我輕撫百合的葉面，心想，我或許就是為了與它相遇才來到這裡。

我合上眼，那天種植這株百合的光景，歷歷浮現眼前。那孩子從午覺中醒來，朝我們伸手。她對我們充滿信賴，深信我們絕不會背叛她。

怎麼忍心將他的手甩開呢？這世上明明沒有人像他這麼需要我們。

猛然回神，發現我已淚眼婆娑。溼土的氣味和夜間植物散發的芳香瀰漫四周，我沒必要停止哭泣。

明明無風，我眼前的百合卻仍不住搖曳。柔軟的葉子相互摩擦，發出沙沙聲，傳進我腦中。而碰觸葉子的手指卻沒有感覺。無法移開目光，我的意識彷彿會滑溜地進入葉脈中。我一直靜靜望著百合，感覺有另一個自己正在回望我，我一直盯著搖曳的百合，凝望良久。

放進口袋裡，感受那光滑渾圓的觸感。忍合上眼，想像石頭的黑色和亮澤在指尖處逐漸增加。在父親頭七法會期間，他只要一有時間，就會撫摸石頭，對不在現場的母親說話。

快回來。爸爸已經死了。妳快回來吧，媽。

傳出「叮鈴」一聲清亮的鈴響，焚香的輕煙令周遭景象變得模糊。他望著不是禿頭的和尚腦後，心想，大可不必燒這麼多香吧。

法會在自家的佛堂舉行。擺在家中供人祭弔的白木箱[6]，那空蕩蕩的空虛模樣，與他生前的模樣截然不同，顯得無比寧靜。他心想，啊，這樣終於可以過平靜的生活了，這時和尚正專注地誦經，他突然很想放聲大笑，對此感到很困擾。

真無聊，就只是這樣嗎？

唯一與他同住的家人過世了，但他卻表現得像事不關己似的。所以才能悠哉地豎耳聆聽嬸嬸們悄聲談著流言蜚語。

這次沒有奇怪的女人跑來對吧？

在祖父和曾祖父過世時，就發生過這種事。

妳們看，這屋子早就沒女主人了。既然沒有吵架的對象，情婦也就沒必要刻意跑來了。留在這裡的，就只有他還在念大學的孩子。

忍一邊聽她們說，心裡一邊想，原來如此，難怪爸爸的喪禮能如此平靜地落幕。對忍而言，父親是惱人的根源。他身材高大，長著一張安全無害的臉，總讓人聯想到喜歡與人親近的黃金獵犬，天生就桃花不斷。聽說祖父和曾祖父也是這種個性。想到自己身上恐怕也流著這樣的血脈，忍就感到沮喪。

母親在忍五歲時離家出走。在一個秋高氣爽的日子，就像丟出的球遠遠滾走一般，一去不返。關於那天的事，忍無法明確地憶起。

父親的爛桃花固然也是原因之一，而祖母那不懂得體諒的態度，肯定也發揮了推波助瀾的效果，忍幼小的心靈早已看出這點。他隱隱還記得晚上他睡著時，祖母在枕邊對母親說的話。

我很清楚那孩子不對。不過，丈夫會勾搭其他女人，這也是妻子努力不夠所造成。

自己明明也遭遇過丈夫外遇，竟然還說得出這種話。這種遇事推拖的個性還真是驚人。想到自己可能也繼承了祖母這種血脈，忍便感到心情沉重。

6. 用來盛裝死者遺骨的木箱。

繼母親離家出走、祖母亡故後，父親直接將女人帶進家中。父親帶回家的女人，沒有一個長得像樣的。每個看起來都一樣，化同樣的妝，穿同樣的服裝，就像季節性的昆蟲般，一定的時間一過，就會自動消失。

當中有的明顯會向忍投以狐媚的視線。也有人會衣衫不整地來到廚房，擅自在冰箱裡翻找東西。而其中最麻煩的，就是毫不顧忌地抱住他，並對他說「你可以向我撒嬌，不必顧忌喔」的這種人。

每次看到父親與他的女人們之間展開的低俗對話，忍便對男女之間的情愛感到幻滅，認為那是很無聊的行為。那與兩隻快死了的昆蟲疊在一起不住掙扎沒什麼兩樣。夏天時，他和朋友一起抓昆蟲玩，一抓到交尾的蜻蜓或甲蟲就一腳踩死。不管再怎麼踩，還是源源不絕地湧出，看了就有氣。

每到半夜聽到二樓傳來繁殖行為的聲音，他總會醒來。就連老鼠在閣樓裡東奔西跑的腳步聲也比這來得好。在難以成眠的夜裡，忍來到庭院，挑選出一顆又圓又好握的卵石。緊緊握住那顆卵石，口中誦念著「媽，妳快回來」，就此入睡。

一旦離家出走的人，不可能再回來，就像飛走的小鳥一樣。他也明白這個道理。母親並未帶忍一起走。對此，與其說他覺得不甘心，不如說他充滿憎恨。忍心想，難道是因為我長得像爸爸嗎？他因而用顏料塗滿家中的鏡子。後來他明白這樣根本無濟於事，於是馬上清理乾淨。忍出生時，聽說祖母見到他的第一句話就是「長得這麼像，包準是我兒子的種沒錯」。這是從那些口無遮攔的親戚那裡聽來的話。忍的長相和手的形狀，確實與父親長得如出一轍。

他猛然望向自己的手，一週前蓋上棺蓋時，他看到父親的手，與他長得一模一樣，令他覺得有點毛骨悚然。長有許多毛刺，指甲容易剪過深的手指。右手食指的半月痕頗大，中指與無名指一樣長。

母親曾望著忍的手對他說「忍的手和爸爸長得一模一樣呢」。如果母親能將他的手帶走的話，不知道有多好。要是能拿起它當作母親憎恨的對象加以埋葬就好了。

法會結束，目送和尚離去後，忍想起母親，深深嘆了口氣。這時親戚裡的女性們，個個都像孝女般哭了起來。

真是可憐啊，剩他孤零零一人。

忍耳聞她們那刻意裝出的聲音，這才意識到那個無藥可救的男人死了，感慨無限。在臨死前一天還帶女人回家的父親。不管忍再怎麼努力，也不覺得悲哀。

貼在門柱上的那張「嚴制」紙條，應該什麼時候撕除呢？他腦中想著此事，將拆下的拉門重新裝上，收拾坐墊。清洗法會用的茶碗，接著擦拭、收好。並確認喪禮結束後一直擺著沒管的禮簿與奠儀。

雖說只是一場低調的法會，但獨自張羅一切確實也夠折騰人。當中有位嬸嬸想幫忙，但忍以微笑婉拒了她。他最討厭的就是家裡有其他人在。「因為這也算是一種社會歷練。」忍暗自竊笑，心想，這拒絕人的藉口，我說得真好。

收拾完畢，打開電視後，剛好在播放九點的新聞。登上今晚頭條新聞的，是流星雨。

各位觀眾請看，就像光雨一樣。關東地區拜天候之賜，有的地區在短短一分鐘內可以觀測到五十顆流星……

畫面上播放著陸續從空中劃過的光影。忍心想，那我就出去看星星，順便抽根菸吧，就此叼著菸打開大門。

那流星就像連續曝光照。它可不光只是一分鐘五十顆流星劃過那麼簡單，整個天空顯得一片白茫。不過它腳下的黑夜，卻增加了黏度，在地表沉積不散。

很不巧，門口的夜燈上星期故障了。因為忙著處理父親的喪禮，一時忘了更換。庭院顯得比平時還要黑暗。彷彿有什麼邪惡的東西蹲踞在一旁，忍略顯怯縮。香菸的紅火感覺是他現在唯一的依靠。

他無意識地伸手摸向口袋裡的黑色石頭，那是父親過世的那一晚他撿來的石頭。那是他將老鼠的腳步聲誤以為是平時的那個聲音，而前往撿拾石頭的一種睡眠儀式。撿好後才猛然發現，現在已不必這麼做。行動模式一旦養成，便沒那麼容易消除。當天晚上撿來的小石頭，是截至目前為止最渾圓、同時觸感也最好的一顆。

握在手中後，吸收體溫變得溫熱，因手上的油脂而變得油亮的黑色小石頭，忍相當喜歡。庭院的卵石在夜裡顯得更黑，它們反射星光，隱隱生輝。

驀的，忍發現有東西在動。黑暗中有朵綻放的花朵，一朵大得出奇的白花。他之所以這麼想，是因為那朵花恰巧就位在每年都會開花的百合位置上，正好就是人微蹲時臉部的位置。

此時還是早春，百合應該不可能在這個時候開花。就算真的開花，我家的百合也不是白色的。是帶有紅斑的花。

忍懷疑是自己看錯了，朝眉間使力對焦，因為他有近視。他定睛凝視後，發現那是一張女人的臉。

他發出咦的一聲驚呼時，女子的臉正面向他。他大吃一驚。只有一張臉的女人，就算再美，還是一樣駭人。明明沒有尿意，但尿道卻不自主地收縮。

那張女人的臉倏然往上浮起。本以為是浮起，接著卻傳來踩踏庭院泥土的沙沙聲，逐步靠近。忍這才發現，原來女子身上穿著黑色喪服。因為這個緣故，只看得到臉浮現在夜色中。

在室內逸洩出的亮光下，終於看清楚女子的全貌。苗條的身材，穿著黑色套裝，黑色絲襪搭黑色高跟鞋。只有那化著淡妝的臉是白色。口紅是淡褐色，展現出低調的弔唁者樣貌。

女人臉上泛著淚光。

忍應該開口對她說些什麼，但遲遲說不出話來。這時，女子眼淚撲簌而下。忍覺得好像是他害女子落淚似的。

女子來到幾乎可以感受到她呼吸的距離時，悄聲道：

「這次的事真教人難過……這麼晚前來拜訪，實屬不該，但能否讓我上個香呢？」

忍無法拒絕，他極力佯裝平靜，請女子入內。他頗為驚訝，沒想到父親也有女人會為他哭泣。女子頗具姿色，與過去見過的女子相比，氣質截然不同。父親什麼時候改變嗜好的？

女子踩著輕柔的步履走進佛堂。俐落地拈香焚香，朝白木箱雙手合十，接著緩緩轉身面向忍。

來了，終於要報上姓名了。

忍全身僵硬，凝視著女子。

女子年約四十。雖然肌膚略顯憔悴，但要是露出開朗的笑容，說是三十多歲也有人會相信，她就是這樣的美人胚子。顴骨高聳，鼻梁挺直。黑眼珠偏多，眼角微挑的鳳眼，帶有一股冷峻的魅力。最重要的是，她並未將眉毛修成不自然的細眉，顯得氣質出眾。那是宛如刻意將眉毛畫得朦朧的一對秀眉。幾欲可以讓忍雙手包覆的一張纖瘦臉蛋，那是曾在哪兒見過的一張熟悉臉孔。

女子突然泛起苦笑。忍這才發現自己一直毫不顧忌地緊盯著對方瞧。這樣的無言時刻不知過了多久。

他急忙端茶招待，尷尬地低頭望著自己膝蓋，等候女子發話。但這次換女子一直靜靜望著忍。

「冒昧請問一句，不知您和家父的關係是……」

再等下去一樣沒完沒了，忍打破沉默問道。女子直視忍說道「我曾在這屋子待過一段時間」。

過去確實有幾名女子在這個家住過。不過，長則一個月，短則三天，為期都不長。人數超過五人之多，所以忍也沒一一詳記她們的長相和名字，不過隱約有點記憶。在那段痛苦的記憶裡，並沒有眼前這名女子的存在。

「請不用擺出那種神情。也難怪你記不得了，因為當時你還小。我問你，那隻兔子玩偶你還留著嗎？」女子柔聲說道。她說的那種神情，到底是什麼神情？忍對女子突然改變話題感到困惑不解，以憨傻的聲音回道「玩偶是嗎」。

玩偶？忍苦思了好一會兒。原本要開口回答沒那個東西，但他旋即噤聲。他已經想到。

那是以毛巾材質做成的手工布偶。眼珠子早已不見，脖子處破裂，裡頭的棉絮外露。臉頰處有一處用布縫補的痕跡。小時候他常抱著玩偶睡，但不曾想過是從什麼時候開始擁有它。

國中時，朋友到家中玩，還曾向他嘲笑「都國中了，還玩玩偶啊」。不會嘲笑他的，就只有一位個性開朗的朋友小武。

我也有玩偶喔。是玩抓娃娃機得到的特大號Hello Kitty，以及我爸玩柏青哥贏得的獎品小栗帽[7]我都會抱著睡覺的，是一隻按肚子就會叫，長得很遜的狗玩偶。沒有玩偶就睡不著覺對吧？

當時忍一本正經地說，我現在已經不再抱玩偶睡了。從那之後，玩偶就一直放在衣櫃裡。

「還留著。那隻玩偶怎樣了嗎？」

女子眼中閃著光輝說道「你還留著啊」。

看女子一臉開心的模樣，於是忍從自己房間取來那隻玩偶，遞向她面前。接過那已相當老舊、還沾有汙漬的玩偶後，女子從包包裡取出針線包說道「它眼珠脫落了，我幫你縫吧」。

她從黑色喪服的袖口取下鈕釦，縫向玩偶的眼睛處。重新裝回眼睛後，玩偶就像又活過來一樣。女子換過線，接著開始縫補脖子。將外露的棉花重新塞回去，俐落地縫補。幾乎看不出縫線，修補得相當精細。

「好厲害。」

忍由衷感到佩服。他拿起那隻修補好的玩偶，四處檢視。他感覺到女子的目光，抬起臉來，發現女子正以無比溫柔的眼神向他投注。

「你還是老樣子沒變。以前我替你縫補時，你也是一直說好厲害、好厲害。當時看我的眼神，就像在看一位魔法師似的。」

已經都不記得了。雖然不記得，但並不覺得她在說謊。忍不知做何回應才好，只好望向玩偶。

接著女子像突然想到什麼似的，從包包裡取出一個信封，恭敬地遞向前。上頭以淡墨寫著「敬輓」。上頭沒署名。

「請問貴姓……」

女子臉紅過耳，低著頭說道「哎呀，我真是的，竟然忘了寫」。沒想到她個性還挺迷糊的，頓時對她有了一份親近感。忍心想，這個人還滿討人喜歡的。「我叫清野，清澈的清，原野的野。有點怪對吧？這不是姓喔，是我的名字。」

清野像在哼歌似地說道。忍本想對她說「可是沒寫全名，在回信時可就傷腦筋

7. 日本的一匹知名賽馬。為「平成三強」之一。

了」，但這才發現上頭連地址也沒寫。女子卻只是格格嬌笑。

電視後方的壁鐘發出卡嚓卡嚓的聲響。這位名叫清野的女子飄散出甘甜的氣味，那是讓人聯想到庭院百合的芳香。

庭院的百合每年都在同樣的位置上冒芽開花。開花的隔天，百合花瓣的中央會滲出花蜜。忍常舔舐花蜜。舔舐那甘甜清爽的花蜜，是他小時候的樂趣之一。百合光花瓣就帶有芳香。

焚香的輕煙在空中搖曳，明明無風卻被吹亂，消失得無影無蹤。忍望著輕煙時，清野霍然起身。本以為她要回去了，沒想到她卻說出令人意外的話語。

「我來幫你打掃好嗎？」

忍一時接不上話。

女子的視線望向忍背後的天花板邊條，四個角落積滿了灰塵。定睛細看的話會發現，燈罩上的塵埃也四處蔓延，呈鐘乳石狀從天花板垂落。

我、我已經打掃過了。忍結結巴巴地解釋道。

為了舉辦法會，今天早上六點他便起床整理。但清野微微搖了搖頭。不行，這樣會咳嗽的。你不是支氣管不好嗎？不過，你既然都已經抽菸了，應該是已經沒問題才對。

話才剛說完，女子已從樓梯下方的置物間裡取來撣子和吸塵器，開始忙著清除塵埃。她從畫框、透氣窗、燈罩開始清理，接著一路往紙門的格子和裝飾層架擦去。動作流暢俐落。

這該不會是新式的喪禮竊盜手法，女子是以打掃當藉口，在屋裡找尋值錢的東西吧？

忍倒也不是沒這樣想過。上上個月，附近才有人遇過喪禮小偷。但女子打掃得很快樂，沒半點可疑的舉動。並不時望向忍，烏黑的雙眸閃著亮光，投以微笑，與之前站在庭院哭泣的她判若兩人。

家中打掃完畢後，清野似乎這才鬆了口氣，來到廚房喝水。她替忍重新沏了壺茶，遞給了他。忍啞然無言，但還是喝了一口她遞來的熱茶。比他自己沏的茶好喝多了。

妳該不會……是我媽吧？

這愚蠢的問題忍不住湧上喉頭。

忍不知道母親的名字。或許聽過，但想不起來。就連周遭人也都習慣稱呼「你媽媽」，所以幼兒要知道自己母親的名字委實困難。連長相也完全想不起來。家中沒半張母親的照片，祖母和父親也都不想提到他母親的名字。

只要一聽名字一定就會想起，只要見面就一定會馬上認出來。

他無來由地如此深信不疑。一聽聞清野這名字，便覺得這不是母親的名字。雖然心裡這麼想，但緊接著下個瞬間，他的信心開始動搖。連他都不相信自己的記憶力。

但這也是因為女子的聲音和氣質，讓他感受到一股難以言喻的懷念。如果她是我媽媽的話……他心中微微抱持這樣的期待。

忍思考、猶豫了半晌後，打消詢問的念頭。要是搞錯人，這臉可丟大了。

「清野小姐。」

他試著叫喚女子的名字，果然感覺不像母親的名字。清野一臉開心地回了一聲「什麼事」。她眼中噙著淚水。這女人為何流露出這種眼神？忍在口中低語叫喚了一聲——清野小姐。

「小忍……不，你現在這個年紀，應該不喜歡別人叫你小忍吧。忍先生，我就稱呼你忍先生吧。」

清野瞇起眼睛，眼中帶笑。忍心想，她怎麼會知道我的名字呢？但他沒問。他總是把想說的話往肚裡吞。

清野一直注視著忍。似乎有話想說，但馬上又改變了念頭，緊抿雙脣。忍也一樣。這時候要是有人在一旁就好了，再也沒有比這種情形更尷尬了。

噠噠噠噠，老鼠在閣樓裡奔跑的聲音變得益發響亮。平時這惱人的生物，今天倒是很感激有牠的存在。清野身子一震，抬頭望向頭頂。她的眼神就像在詢問「剛才那是什麼」，看起來很孩子氣。「是老鼠，似乎把這個家當自己的巢穴了……對了，您住哪邊？」

清野身上持續散發出百合的香氣。就像一個穿越季節而來、不帶半點現實感的女人。她到底是從哪兒來的呢？忍思索著這個問題，這才如此詢問。

清野緩緩端正坐姿，回答道「我居無定所，而且沒有職業」。她說話的口吻無比坦然，所以忍為之一愣。十二點的鐘響聲聽起來特別響亮。

眼前這名女性，可能是媽媽，也可能不是。忍猶豫片刻後，拿定主意問道：

「都這麼晚了，不介意的話，要不要留下來住一宿？」

要是她拒絕的話，就到時候再說吧，忍有點自暴自棄。女子先是忸怩地把玩著裙襬，接著一臉靦腆地笑道「那我就恭敬不如從命吧」。

翌晨，忍在味噌湯的香味中醒來。應該有韭菜、蛋、油豆腐吧，就算淋在冷飯上一樣好吃。就在他腦中浮現這想法的下個瞬間，猛然彈跳而起。他心想，為什麼會聞到味噌湯的味道？看到茶水間準備好的早餐，忍這才想起昨晚的事。由於不太具真實感，所以忍誤以為那只是一場夢。清野從廚房探頭，以很自然的口吻問道「你可真悠哉呢，學校不會遲到嗎」。那態度簡直就像已經在這裡住了十多年一樣。

「我幫你做了便當喔，你帶去吧。」

女子一臉純真地遞出便當盒，這時，忍心中的困惑已經破表。他心想「算了，隨便」。「算了，隨便」是什麼意思，他自己也不知道，不過……算了，隨便。

在玄關準備穿鞋時，他不經意地望向自己腳下，發現他愛穿的那雙皮鞋閃閃發亮。既然發現了這件事，那就非得說聲謝謝才行。他態度冷淡地對站著送他出門的清野說了聲謝謝。

「不客氣。對了，你今天晚餐想吃什麼？」

聽她這麼問，忍回了一句「晚餐是吧」。這時候他實在應該問一句「妳不回去嗎」。他錯過了開口的時機。

這時他終於明白自己的心情。逐一細問太費事了，如果她是媽媽，應該會自己說出來，否則她早晚會離開。家裡沒什麼值錢的東西可偷，而他也不會有性命之危，所以算了，隨便。

女子沒理會忍此時複雜的心境，雙手一拍，遞給忍一張便條紙，對他說道「你回來時，順便去採買吧」。那是以背面空白的傳單剪成的便條紙，頗有家庭主婦的味道。而且她那種委託的口吻，就像是一位吩咐孩子採買的母親。

上頭寫有牛奶、麵包、豬絞肉、蕪菁、芹菜、米糠醃黃瓜。忍差點就不自主地向她追問道「妳到底想煮什麼」。他極力忍下，最後只問了一句「在這個時節買小黃瓜，而且還是米糠醃製的是嗎」。

女子的回答很簡潔明瞭——就突然覺得很想吃嘛。忍完全無從反駁。忍說了一句

「有時候確實會這樣」，就此接過便條紙，步出家門。

有可能回家後，她已經不在了。

忍一再如此思忖，急著趕回家，連他自己都覺得驚訝。他先到社團露個臉，離去時，某位學長想叫住他，他不予理會，直接返家。結果就像在證明「急行無好步」般，他忘了買芹菜。

回家一看，清野好端端在家裡。非但如此，她看過購物袋後，不太高興地噘起嘴說道「忍先生，你漏買了芹菜喔」。忍感覺全身緊繃的力量就此洩去，向她保證明天一定會買回來。

接下來一切都已成定局。

忍每天早上在洗臉台梳洗完畢後，便會走進廚房。他在洗臉、刮鬍子的同時，自己一個人嘀咕著「我簡直就像被她給附身似的」。清野沒說自己是忍的母親，但她一直到現在都還沒離去。

如果她是我媽，就有權利留下來。如果不是……該怎辦呢？

這時忍深切明白自己的人生經歷有多淺。這個家只有一個獨居的大學生。要投靠的話，再也沒有比這裡更輕鬆的地方了。當真是被她給附身了。然而，清野到來後，生活變得更加舒適，這也是不爭的事實。

可以當她是女傭嗎？

換作是以前，別人要在家中長住，是忍最難以接受的事。也許是父親死後，自己的內心也多少變得柔弱。而清野就這樣巧妙地趁虛而入。

清野每天都會送忍出門上學，然後像母親請孩子幫忙般，交給他一張購物清單。經過這幾天的相處，忍心想，孩子與母親的相處或許就像這樣吧，心中微感歡喜。從上面所寫的內容來推測晚餐的菜色，也很有意思。

清野煮的菜常是亂七八糟的組合。像咖哩搭茄子味噌湯，這樣的組合還算可愛。但是當烤柳葉魚搭燙菠菜，最後又端出焗烤時，他忍不住說了一句「不會吧」。面對看得目瞪口呆的忍，清野以不合邏輯的藉口說道「因為我煮好菜後，才發現柳葉魚的保存期限就到今天了」。

清野動不動就叫喚「忍先生、忍先生」。沒事也愛叫上幾句。每次聽她叫「忍先生」，一開始忍總覺得不自在，很難為情，但很快便習慣了。

忍苦惱良久，不知該如何稱呼清野才好。最後他決定盡可能避免使用名詞，而以「我說……」「那個」來稱呼。哪天看準她鬆懈的時候，試著叫她一聲「媽」。如果她回答「什麼事」，那她就是媽媽沒錯。

「忍先生，今天你要去打工對吧？幾點回來呢？」

隔天早上，清野煎好蛋，一面叫他多吃點，一面向他詢問。

打從父親還在世的時候起，忍都會不定期打工，平均一週三天。這一個月他負責的是自動販賣機的補貨工作。有時光一天就掉了五公斤的體重，它就是這麼耗體力的工作。

他被朋友圈裡一位學長的花言巧語所騙，登錄了一家人力派遣公司，就是那家公司介紹他這項工作。每介紹一人進這家公司就能抽取回扣，就像老鼠會一樣。那名學長讓朋友圈裡的每個同伴都在那家公司登錄。

可能就是因為這個緣故，那名學長偶爾會請忍喝飲料。在喝著冰涼的碳酸飲料時，大學校園裡的百圓價自動販賣機前也有和他一樣，一面嘀咕著「好重」「腰好痛」，一面補充飲料的人。這世界在他不知道的地方，仍不斷運轉著。

忍在發呆時，清野出聲向他喚道「煎蛋還剩一片，你就吃掉吧」。忍為之一怔，回了她一句「應該是七點多會回來吧」，就此將煎蛋吞進肚裡。清野連一片也沒吃。

她煮了這些菜，自己卻幾乎一口都沒吃。就像之前委託忍購買的米糠醃小黃瓜一樣，像黑糖饅頭、杏仁小魚、中華海蜇皮、海帶芽莖這些彼此毫不相關的食材，她都會寫在購買清單裡，但買回來後，清野就只是淺嚐一下，幾乎全進了忍的五臟廟。

平時忍絕不會選購的這些食物，看起來可口極了。他在看的時候，清野一定會問他「要吃嗎？」吃過之後，當真是人間美味。清野想吃的東西，很合忍的口味。忍常一時不小心吃太多，連她的份也搶去吃。

清野喜孜孜地望著忍吃東西的模樣。年輕人多吃一點是應該的——清野總會搬出她擅長的這種無厘頭的理由，光只喝水。她朝家裡最大的玻璃杯裡裝滿水，一口氣飲盡。

「忍先生，你家後院的空地，可有計畫要用來做什麼嗎？」

清野朝忍的碗裡添飯，難得語帶顧忌地如此問道。

屋子後院以前是祖母的菜園。忍小時候那片菜園就像一座小操場那麼寬敞，四周以茶樹充當樹籬。祖母在那裡養雞，種各種蔬菜。但祖母死後，為了支付遺產稅，而將那塊地賣了，只剩以前的十分之一。如今成了一片任憑雜草叢生的草地，已完全聯想不出昔日的樣貌。

「沒什麼特別計畫，不過……可能這一、兩年內會賣掉吧。因為有壽險，所以就算沒賣地，也能支付那筆遺產稅。」

清野顯得莫名忸怩。這是她有事拜託時的習慣。明明就很厚臉皮，但有時又會展現出這種難為情的態度，女人心真是難懂。「有什麼事嗎？」在忍的催促下，她這才開口道：

「我想種花。就算種在庭院裡也沒關係，難得有這麼一塊閒置的空地，我希望你能讓我利用。」

原來就這麼點事啊。忍感到有點洩氣。雖然已決定早晚會轉賣，但此事可沒那麼容易。那些好管閒事的親戚們，不斷向忍建議道「聽說有某家企業會搬到這附近來，你要再觀察一陣子，等價格抬高後再賣比較好」，所以現在更不容易賣了。忍很想對他們說一句「別人的財產你們少管」，但他辦不到。

「沒關係啊。妳愛怎麼用都行。除草應該會很辛苦，不過這禮拜六如果方便的話，我會幫妳。」

清野笑逐顏開。

沒想到她會那麼高興。

打工結束，拖著疲憊的步伐返家的路上，忍想起今天早上的事，差點笑了起來。事實上，他可能已經笑了，路上的行人都轉頭看他，似乎覺得他是個怪人。

自從在家中長住後，清野幾乎脂粉未施，一早起床便忙著做家裡的雜務。她總是邊做家事邊哼歌，那模樣就像在說，不管是折衣服還是切菜，她都覺得很開心。

她身上穿的衣服，似乎是從祖母的遺物裡找出，看起來很不起眼。穿著褐色的老年人服裝，看起來卻還是一樣年輕，真是不可思議。就像她自己說的「我這個人對很多事都不太要求」，她對裝扮毫不講究。

她唯一比較堅持的，就是想在後院的空地上種花，這麼一個小小的心願。她到底想種什麼花呢？

打開家門一看，清野穿著麻質工作衣，腳下套著兩趾鞋，一身古怪的裝扮從庭院裡跑來。宛如迎接主人返家的忠狗，眼中閃著光輝，大聲說著「你回來啦」。忍不習慣這種熱情的歡迎方式，顯得很難為情。

「我回來了。妳這身打扮真有趣。想挖防空壕是嗎？」

清野拉著沾有泥土的褲子說道「穿起來很好看吧，這可是最新款的巴黎時裝喔」，還不忘轉一圈展示。

「好看、好看。對了，今晚的晚餐是什麼？」

忍已習慣清野的對應方式。家裡多了這麼一位開朗的女性，感覺蓬華生輝。

清野突然停止動作。

「……我忘了。我馬上去做！」

說完後，飛也似地跑進屋裡。

忍隨後緩緩走進廚房，坐向餐椅。

整輛卡車裝滿了每一箱將近十五公斤重的紙箱，經過一番上下貨後，還得前往一棟沒設電梯的大樓三樓，來回走了三趟，全身疲憊不堪。就算沒這些體力勞動，光是連日來的暑氣，也已教人備感倦怠了。多虧他們的辛勞，公司生意興隆，不過，既然不論生意清淡還是忙碌，薪水始終一樣沒變，他寧可這樣的忙碌能適可而止。

可能是因為忍待在一旁的緣故，清野忙著手中的工作，嘴巴也沒停歇過。

告訴你喔，今天上午我一直在拔草。現在已經漂亮多了，完全變了個樣。它原本是農田，土質果然好。裡頭有許多蚯蚓，再來就只剩將堆肥拌進土裡了。對了，白天時我嚇了一跳呢，來了一隻這麼大的貓喔。

清野說個不停，宛如引人入眠的歌聲。忍倚在餐桌旁，含糊不清地應著「嗯、嗯」。

餐桌上鋪著報紙，擺著一排鱗狀物。雖然有多處是褐色，但基本上是乳白色。忍不自主地詢問這是什麼。伸指碰觸，傳來舒服、滑順的觸感。褐色的部分似乎是澀液。只有這部分略顯粗糙。

「哦，那個是百合。庭院的百合正在分球，所以剛才我把它剝下來了。」

很可愛吧？清野欣喜地說道。

忍用手指夾起其中一片鱗瓣，以不置可否的聲音說了聲「哦」。這脂肪成分居多的乳白色鱗瓣，帶有如同水滴般的渾圓外型。它本身看起來就像一片花瓣。忍覺得它很美，但並不覺得它可愛。

「我明天就種。等日後整片都開滿百合花時，一定很美。這樣也能當作是對你爸爸的供奉。」

「……供奉是吧。」

他忍不住冷笑，不自覺地發出尖銳的聲音。不論她是忍的母親，還是父親的老情人，見自己昔日交往過的對象亡故，會存有一份悼念之情，這他能理解。

但清野關心父親，令忍感到不悅。倒不如說是嫉妒。在清野提及之前，忍甚至已忘了父親的事。仍放有遺骨的白木箱，此時明明還擺在佛堂裡。

「像他那種人，真該下地獄。」

聽忍這麼說，清野露出落寞的神情。別這麼說嘛，他好歹是你父親啊。

聽了就有氣。忍很想大吼一句「我又不是自己喜歡，才出世當他兒子」。如果聽過父親之前的淫行，她肯定就能明白忍的感受。不過，就算能博得她的同情，過去累積的那些恩恩怨怨，也不會就此一筆勾銷。

為了壓抑在胸中盤旋的不耐，忍嘆了口氣。人死了之後什麼都不知道，供奉根本沒任何意義。

清野將剛煮好的紅燒端向餐廳，像在哼歌似地說道「那我就為自己而種吧」。那是平靜、沒任何動搖的態度。只有忍成了一艘因情感的波浪而擺盪起伏的小船。

「忍先生，我們來吃飯吧。你太瘦了，得吃胖點才行。來，多吃點。」

清野再度像哼歌般說道，把菜餚端上和室桌。不只菜色多，份量也不少。「妳想把我養肥，然後殺來吃是吧」，忍很想這樣損她一句。

笑咪咪的清野顯得天真無邪，那一大碗白飯冒著騰騰熱氣。不得已，只好專心地吃了。鹽分就此滲進經過一番肉體勞動的身體裡。

清野開心地望著忍食欲旺盛的模樣。我們倆今天都工作了一整天呢——她如此說道，並用她慣用的玻璃杯咕嘟咕嘟地喝著水。忙了一天庭院的粗活，應該是很口渴吧。兩公升裝的寶特瓶，轉眼已見底。

我也要喝水。

忍嘴裡嚼著東西說道，清野替他端來麥茶，並不忘提醒他「吃飯時不要說話」。聽說麥茶能降火氣。最近天氣熱，我已事先備好了麥茶。

清野笑著說道，她一直都只喝水，不喝茶。每當寶特瓶裡的水喝光後，便打開水龍頭裝水，一直喝不停。忍看得心裡發毛。很擔心她這樣的喝法，會把自己喝死。

也許是察覺到忍的視線，清野開始洗起了鍋子，想以此蒙混過去。

「明天晚餐想吃什麼？」

「……偶爾吃吃乾燒明蝦也不錯。待會我去買食材。」

買比較便宜的白蝦先生就行了，這樣就很好吃了。清野開朗地說道。連對蝦子都不忘加上「先生」的敬稱，很像她的作風。「蝦味仙呷不厭～」她胡唱一通，擺動著身體跳起舞來，模樣引人發噱。

拜託妳，千萬別在外頭這麼做。忍對她如此說道，清野反問一句「做什麼」。她對自己唱歌跳舞的事沒半點自覺。

媽媽們只要一有空就會唱歌。

這是忍的朋友小武說的。

我老媽愛唱歌、跳舞、講話跳TONE，真的很無厘頭。常無預警地劈頭就是一句「所以啊」。突然來這麼一句真的很奇怪，又不是飲料[8]。就算寄件者是我，她一樣是用這種說法，真是沒完沒了。要是對她說「妳很囉嗦耶」，她又會生氣，鬧性子。如果對她說「剛才對不起了」，她則會當作什麼事都沒發生過似的，顯得若無其事。真搞不懂我媽。

雖然小武這麼說，但其實他和他母親感情很好。

對了，小武現在不知過得好不好。真想和他見一面。很想請他教我，面對母親這樣的對象，該如何應對才自然。

不知道是否真有心靈相通這回事。隔天下午，小武正好打電話來。

——嗨，小忍！最近可好？有空嗎？一起吃個飯吧？

聽到他的詢問後，忍沉默了片刻。晚餐已經都決定好了。

「如果是喝下午茶的話……」

這位個性爽朗的朋友，輕鬆地回了一句「好，沒問題」，就此結束談話。

「……那地點呢？」

忍比約定的時間晚到了幾分鐘，走進兩人相約的店內。高中時，他們常一群好友聚在這裡暢談良久。是位在大路上的家庭式餐館。小武坐在靠窗的抽菸席上，揮著手，向他示意「在這邊、在這邊」。忍裝沒看到，從旁邊走過。

「幹嘛那麼做作啦。」

小武以不悅的口吻喚住他，忍擺出現在才發現的神情，對他說道「哦，你來啦」。小武嘆了口氣說道「你這傢伙還是沒變」，但心情似乎完全不受此影響。

小武是個怪人。他覺得忍這個人既不溫柔又不懂得討好別人，很有意思，總是很

8. 日文的「所以」唸作「DAKARA」，有個品牌的飲料就叫「DAKARA」。

莫名其妙地說他日後會是個大人物。國高中時代，他常邀不愛回家的忍到他家中玩。他是少數知道忍家中情況的朋友。

「你父親的事，辛苦你了。今天我請客。吧檯的飲料任你點。自己一個人的生活過得怎樣啊？」

小武的眼神告訴他「我可以聽你發牢騷」。這種率直的關懷，確實很像他的作風。他每個月總會有幾次像是突然想到似的，寄電子郵件來報告他的近況。兩人久未見面，一聊便聊個沒完。有這樣的朋友，忍深感慶幸。

店內人聲鼎沸。身穿制服的少年們，一臉認真地討論著季節限定的菜單，不時發出喧鬧聲。以前自己也像他們一樣。雖然也不過才兩、三年前的事，但感覺卻是如此遙遠。一切都已改變。理應很熟悉的這家店，連打工的店員和裝潢也全變了樣。忍的這位老朋友，在飲料吧檯上以可樂和可爾必思調混出不含酒精的神秘雞尾酒，只有他還是和以前一樣。

「你好像整個人變圓了。」

小武朝送來的炸薯條擠番茄醬，深有所感地說道。明明還沒聊那麼深入，他竟然已經看出。忍為之一愣，小武朝他露出詭異的微笑。

「跨年參拜時，我們不是聚過一次嗎。當時感覺你還是瘦得跟皮包骨一樣。現在臉色看起來好多了。連肌肉也變多了呢。手臂都比我粗了……是不是有女人了？」

小武有時說起話來，活像是位大叔。應該是習慣他父母的說話方式吧。當初小武與忍認識沒多久，便得知他的家庭環境，他很激動地說，我無法想像沒有媽媽在的生活。當時他們還是國中生，而且就在教室裡，毫不避諱地說道。

小武說「因為我很喜歡我媽」，同伴們紛紛說他是「媽寶」。小武非但不害羞，還神色自若地反問道「要不然，你們討厭自己的媽媽嗎？你們真的希望自己的媽媽早點死嗎？」

周遭人頓時都為之怯縮，說不出話來，只有忍一本正經地回答道「如果是我爸的話，我倒是有點這麼希望」。當然了，放聲大笑的，就只有小武一人。

忍很羨慕小武的豁達。而更令他憧憬的，是小武與他母親之間的親密對話。每次到小武家，他母親會趁兩人聊天時在一旁插嘴，頻頻和忍說話。這時小武總會噘起嘴，語帶挖苦地說道「喂，歐巴桑，別看有年輕小夥子來就那麼興奮啊」。他母親聽了之後開玩笑道「哎呀，真討厭，嘴巴好毒啊，這是哪家的孩子啊？啊，是我家的孩子嗎」。這樣的對話，讓忍聯想到花了漫長時間培育成的樹木。

不知小武是如何看待沉默不語的忍，只見他一臉擔憂地望著忍。這種可以很自然地關心他人的個性，肯定是繼承自他母親。

「女人是吧。確實是女人沒錯，不過，她卻比愛人更令人放心，是個來路不明的麻煩人物。」

過去忍常找這位朋友諮詢，但是要談到清野的事，他仍不免感到躊躇。現在確實也可說是與一位來路不明的女人同居。

小武的視線投向空中說道「是你媽對吧」。忍不置可否，就只是不發一語地啃著冷卻的薯條。小武似乎當這是默認，露出開心的表情。

「原來如此。這麼說來，你現在不是自己一個人嘍？你媽回來了，真是太好了。不管是怎樣的父母，只要能留在身邊，就很令人感到慶幸。雖然不全然都是好事。小忍，你應該也是這麼想對吧？……你爸爸死了，你自己一個人應該很辛苦吧？」

小武這句發自肺腑的感言，就只是令忍眉毛微微一揚。

如同動物與植物的差異般，他與忍有著決定性的差異。那就是對自己的血緣是否存有發自內心的憎恨。熊熊的怨恨黑火，是否深深燒進皮膚深處。這十多年來的憎恨，已燒進忍的骨髓裡。

他多次想斷絕父親、祖母，以及好色的祖先們代代傳下的血脈。對父親家的憎恨，就此化為對自身的憎恨。這種血脈，我才不會讓它沿續下去呢。他心中抱持這種無謂的激情。

小武應該很幸福吧。他或許從沒想過自己幸不幸福這個問題。

這句絕不會說出口的真心話，湧至忍的喉頭。小武是個幸福的孩子。都已年過二十，對自己的父母還是很信任。其實只要去掉父母這個頭銜，他們就成了再普通不過的尋常人，但小武卻完全沒察覺這項事實。也沒發現他們只是柔弱的普通人，難保哪天不會因為自己的任性胡來而毀了家庭。

忍伸手扯著自己的臉皮說道「就只是臉變圓了而已，沒多大改變」，刻意轉移話題。不久，兩人的話題改為彼此打工的情況，以及大學裡的生活點滴。

我的上學期課程排得真慘。必修課全排在早上第一堂，一點都不體諒學生嘛。小武大肆批評，忍也不甘示弱。我的課全都排在第一堂和最後一堂，真夠壞心。不知道下學期會怎麼排，真可怕。有有有，確實有這種情形。才沒有呢……最後兩人忍不住笑了。一會兒說有，一會兒說沒有，實在矛盾。這就叫耍嘴皮。

兩人一直說個沒完，言不及義地閒聊著。後來見路上行駛的車輛開始亮起大燈，忍說道「再不回去可就麻煩了」，小武聞言後笑道「因為之前分居兩地，現在變成過度保護是吧」。

是嗎？也不知道她是不是我親生母親呢。

聽他說出這種真心話，小武就只是神色自若地說了一句：

「一起同住後，慢慢就會有感覺了。別急。」

原來如此，或許吧。到頭來，想問的事始終沒問成，但忍覺得心情暢快不少，就此加快腳步，踏上歸途。

*

植物生長的情形，明顯有其自主意志。推開泥土，怯生生探頭的新芽，在感測到陽光後，便一路向高處生長。就像深信自己長大後，有一天能伸手搆到白雲的孩童般，努力不懈地持續生長。

我勤奮地從庭院的水井汲水，親手做肥料，朝新芽灌溉。對它們發出聲音吸水的模樣看得無比入迷。這些小東西給人的感覺真好。它們沒有任何心眼，就只有求生的欲望。望著它們日漸茁壯，當真是一件樂事。

每株植物的葉片生長和枝椏彎曲的弧度都不同，這同樣很可愛討喜。我一邊撫摸葉片，一面同它們說話。乖孩子、你這身翠綠真美、你要是往這邊長，會和隔壁的孩子撞在一起喔。

我看著百合的鱗瓣冒芽，長葉，花莖日漸粗壯。不到一個月的時間，已呈現快要冒花芽的徵兆。

忍先生偶爾會幫忙田裡的工作，還說我很會種花。以鱗瓣扦插繁殖時，要花將近兩年的時間才會開花。我知道此事，就只有忍先生不知道。我像唱歌般如此說道，百合們也相互摩擦著葉子，一樣唱起歌來。

「就只有忍先生不知道。」

百合們的聲音，就像搖響神樂鈴[9]一樣，沙沙沙沙、嘰哩嘰哩。

這些百合似乎不太尋常。在種植前我就隱約明白。對此不會感到可怕的我，應該也不太尋常。我以守護孩子長大的心情，替它們澆水。「孩子是無條件的可愛，但也會無條件的令人憎恨。」當初如此抱怨的那位友人，如今已不在了。她的心情，我到現在還是無法理解。

比馬蹄形略圓一些，仿C字形做成的田壟上，種有約莫四十株。它繁茂的情況，感覺不只這個數目。高度已有我的肩膀高。我也很驚訝，它們竟然能長到這般程度。

田壟的中央種著原本位於庭院的百合。也就是母株。自從它種在後院後，也開始急速成長，並產生俗稱「帶化」的現象。與其他株相比，明顯變得又粗又扁的帶化莖，有一整排橫向生長的細線，看起來就像焊接上去似的。

就像冒出惡性腫瘤般，從扁平的帶化莖長出許多橫枝。橫枝與普通百合相比毫不遜色。細細長長，長有數片葉子和花蕾。橫枝上垂掛著數百個花蕾，以飽滿彎撓來形容

9. 跳神樂舞時所用的一種鈴。

最恰當不過了。

在我守護百合成長的這段時間，不像梅雨季的梅雨時節到來。白天不下雨，到了傍晚暑氣熾盛時，才降下傾盆大雨，下了幾分鐘後又戛然而止。

後院裡唯一一株枇杷樹，也許是討厭這陰晴不定的季節吧，果實還沒熟透，就自己落下。原本在土中蠢動的甲蟲幼蟲，也不見蹤影。以蟲兒為食的鳥兒們也久未見著。這塊花田沒有生物的氣息，就只有百合搖曳的聲響無比喧鬧。

母株已開始開花。最早種的是它，所以花也開得早。開出的百合花，朝四周散發像茉莉花般刺激人們感官的花香。等過了一段時間，則會變成嗆人的甘甜香氣。雖然教人感到喘不過氣來，可是一旦離開那香味，卻又想再次靠向前嗅聞，就是這樣的香味。

吹起一陣涼風。

這座後院，有大半天的時間曬不到陽光，涼爽宜人。擋住日照的，是前方林立的幾棟三層樓住宅，剛蓋好等著出售。這些屋子隔著圍牆投射而來的暗影，剛好籠罩此處。

自從開花後，圍牆外就增加了許多前來乘涼的人們。就像昆蟲被花香引來一般，路上的行人也會很自然地湊過來。

因酷暑而一臉疲態的這些人，總會在此吁口氣。

好香啊。不過天氣真熱。真不想離開這裡。

他們總會以此當藉口，在圍牆邊駐足良久。

來到這裡的人們，都會一臉陶醉地望著百合。雖然望著百合，眼中看的卻不是百合。他們眼中看的是更遠的地方。

一名每天傍晚都會為了健康而競走的老婦人，每次看到我，總問我能否賣一株給她。一名和忍先生同年，總是都早上八點出門上班的小姐，半開玩笑地叫我和附近的農家一樣，把花剪下來賣。一名很早就退休，不知為何，總是在炎熱的大白天遛狗的男士，多次主動向我搭話，說要介紹花店老闆給我認識。每次我都不置可否地搖頭，微笑以對。

賣花是吧。我壓根兒沒這麼想過。

確認四下無人後，我語帶嘆息地對百合說話。子株們歡騰地說道『賣花也不錯啊。好像很有趣呢』。

別這麼說嘛，你們就待在媽媽身邊吧。

子株們紛紛笑著重複說道『我們會的』。我們喜歡媽媽，也想待在母親身旁。

子株們天真無邪。它們稱呼我「媽媽」，稱呼母株「母親」。

媽媽和母親，你們喜歡誰？經我這麼一問，子株們像國中女生般格格嬌笑。選不出來。不知道。兩個都喜歡。很難選呢。它們你一言我一語，很難聽出它們說了些什麼。我不置可否地笑著。嗯，這樣啊。子株們聽了，又開始喧鬧起來。是啊。才不是呢。沒錯。

『今天忍不會來嗎？』

百合們常問我忍先生的事。

你們喜歡忍先生嗎？我如此詢問後，百合們開心地笑了。

聽說忍老是哭呢。母親想讓忍看我們開花。聽說他會給我們水喝。以前他都會誇我們漂亮。所以我們才會變得這麼多。好多、好多、好多。水也是愈多愈好。我喜歡水。媽媽，我要水。

百合們真的很吵。說起話來逐漸偏離主題。

這些聲音與當時年幼天真的忍先生有些許相似。小孩子很難照我們所期望的路走。某個秋天的夜裡，他在洗完澡後，儘管我一再勸阻，還是一直在棉被外頭玩耍。結果我和他一起躺下時，發現他的腳冷若寒冰。我大叫著「哇，你好冷啊」，結果他把冰冷的雙腳抵向我大腿。完全沒想過我可能會拒絕他，對他說「你冷死了，別靠近我」。

他的腳雖冷，卻滿是汗水。小孩子為何這麼會流汗呢？是因為身體的水分含量多嗎？我思索著此事，對他那冰冷的小腳百般疼惜。他撫摸著我的頭髮，以孩童不太靈光的口齒說著「媽媽」，就此沉沉入睡。

那段夜晚的記憶，總是充滿光輝地在我眼皮間掠過。歷經十幾年的歲月，忍先生已完全看不出昔日的身影，長高許多，但他永遠是那個輕撫我頭髮，把一雙溼腳挨向我大腿的「小忍」。

不管再怎麼變化，可愛的事物一樣可愛。

正當我轉圈跳舞時，正好忍先生從外頭返家，挨了他一頓罵。「我不是說過了嗎，叫妳別在外頭跳舞。」你說過什麼，我才不管呢，我忍不住笑了起來。

我想待在這孩子身旁。因為我能做的，就只有這樣。

＊

真有綠手指的存在嗎？

星期六下午，到田裡幫忙的忍，很認真地思索這個問題。

才幾天不見，百合們長得枝葉繁茂，形成一片森林。交錯生長的葉子，模樣就像又厚又寬的竹葉。腳下這些從庭院移植來的矮草，長得生氣蓬勃。清野哼著歌，對每株百合說話。

你們長高好多呢，真了不起。哎呀，蟲子跑進你的莖裡頭了？沒那回事對吧。好好好，要直直地長大喔。看她很樂在其中的樣子。

百合的甘甜氣味，濃郁得教人喘不過氣來。理應每年看慣了的開花景致，今年尤為壯觀。忍遠眺中央那株百合。

透著詭異。那模樣著實駭人。化為花蕾的百合，不管看再多次，都還是覺得模樣古怪至極。是否有某個神話故事裡的怪龍，就是長這個樣子？那眾多花蕾，看起來就像許多顆龍頭。那成串的花蕾底下，是擁有蜿蜒流線外型的花莖，露出很像人造的外皮。他覺得可怕，但也覺得漂亮。漂亮與可怕的比重剛好達成平衡。就結論來說，它還是很奇怪。真要比喻的話，就像是個長得美麗，但又可怕的女人。不太討人喜歡的美女。

忍無法發自內心喜歡這株百合。乾脆把它砍掉不就得了嗎。他甚至興起過如此殘酷的念頭。但在每天專注地照料花田，對百合花無比執著的清野面前，這種話他說不出口。

強風吹來，花蕾劇烈搖曳。沙沙沙，那是微帶溼氣，比樹葉的摩擦聲更悅耳的聲音。

他試著碰觸田壟上的百合。纖細的枝頭上長出的花蕾，就像即將臨盆的孕婦肚子，飽滿地鼓起。他腦中突然興起一個陰暗的念頭。要是把它剖開，不知道會怎樣？以新買的美工刀，將毫無防備的花蕾劃開，裡頭應該是塞滿了還沒完全長成的花蕊吧。

「不能剖開喔，忍先生。」

不知何時，清野已站在背後，低聲如此說道。她偶爾會像這樣，令忍大吃一驚。準確地說出忍的心裡話，讓人懷疑她是否會讀心術。忍急忙把手從碰觸的花蕾上移開，花蕾慵懶地搖曳著。

我什麼都沒做喔——忍攤開雙手說道。清野則是微微低頭，輕撫百合花。

她那頸項朝下微彎的模樣，就像在模仿百合的姿態。飄散在田裡的花香，日漸濃郁。可能是因為長期待在田裡的緣故，清野身上飄散的香氣也由淡轉濃。忍有時甚至覺得，要是把這朵花剪掉，她恐怕也會就此消失。

清野聳了聳肩。

「我去汲水過來，你不能惡作劇喔。」

留下這句話後，清野往前庭走去。

一點都不被信任。連主動說要幫忙的時間都沒有。清野總是說她喜歡做勞動工作，因為這樣腦袋就不會胡思亂想。不過，一些粗重的工作大可交給我來做吧。

澆水向來都用前庭的井水。這是忍上幼稚園之前，在衛生所的指導下，規定只能用來澆花灌溉的水井。清野時常想喝井水。忍已不記得自己慌張地阻止過她幾次。每次警告她「這樣會拉肚子的」，她總會望向水桶，含著手指暗自低語道「這水很不錯呢」。的確，井水看起來冰涼又可口。

「……真慢。」

清野才離開短短幾分鐘，忍卻不自主地如此說道。最近他動不動就會以目光搜尋她的身影。與孩子緊跟在母親身後打轉沒什麼兩樣。都這把年紀了，內心卻還這麼幼稚。雖然希望她待在身旁，但太過靠近卻又覺得煩悶，實在很彆扭。

等清野返回後，再幫她汲水吧。還有，下次買根可以裝在幫浦上的水管回來。她一定很開心。

忍走在那打造成圓陣狀的田壟周圍，望著那長得又高又直的健康花朵。

花蕾如此鼓脹，看來已開花在即。即將開花的花蕾，原本綠色的表皮會逐漸泛白。就像將胎膜撕裂般，折疊的花瓣將就此開啟。開花的速度，就如同蝴葉從蛹中羽化一般。如果一直盯著它看，會覺得動作奇慢無比，但要是隔一晚再看，就會覺得變化快速。只要稍一轉移目光，它便趁這空檔綻放，說來還真狡猾。就像是對自己綻放的瞬間感到難為情，不想讓人看似的。

忍戰戰兢兢地走近中央那朵怪物百合，望向它的花朵。六片花瓣沿著中央線透出紫紅色。愈靠近花朵的中心，有愈多像雀斑的突起物。裡頭的顏色特別濃。那是光滑的皮膚上長出的肉疣。摸起來觸感粗糙，而且出奇堅硬。這種感覺就像摸到帶膿的面皰，特別想把玩它。忍不發一語地撫摸了好一會兒，很快就膩了，就此罷手。

可能是因為想到破蛹而出的蝴蝶，旋即有一隻蝴蝶飛來。是隻黑色的蝴蝶。翅膀的條紋是黑色的，但上方的翅膀尖端微帶白色。牠輕柔地揮動翅膀，模樣充滿女性的陰柔。蝴蝶停在這株形狀詭奇的百合花上，吸食花瓣根處盈滿的花蜜。

這裡明明有這麼多飽含花蜜的花朵，但田裡卻不見任何昆蟲的蹤影。以往每到這個時節，不分飛蟻還是甲蟲幼蟲，整個庭院滿是生物的氣息，無比喧鬧。現在連庭院的樹木也看不到結網的蜘蛛。今年似乎不太對勁。忍偶爾會感到不安。一種沒有根據，隱隱浮現心頭的不安。

蝴蝶執著地吸著花蜜。久未看到生物前來，忍不自覺地鬆了口氣。停在花朵上的蝴蝶看起來格外討喜。就像聚在一起講悄悄話的女孩們，俏皮又可愛。

望著那始終定住不動的蝴蝶，分不清牠到底是不是還活著。牠那細如髮絲的腳，不時會抽動幾下，所以從中得知牠還有意識。可能是鱗粉隨風飛舞的緣故，蝴蝶的四周看起來略顯模糊。

望著蝴蝶，忍突然想起之前清野曾一邊用吸塵器，一邊心不在焉地唱著「請你別走，平克頓（Pinkerton）～」。那是蝴蝶夫人裡頭的對白。忍很討厭那個故事。一名女子被自私任性的男人任意玩弄，每次看到這畫面，總會想起他母親不幸的遭遇。並將自己與被拋棄的蝴蝶夫人身影重疊。

為什麼要倚靠那個沒用的男人？像那種離妳而去的傢伙，大可乾脆地把他忘掉。忍自己明明也忘不了母親，卻還是說出自己心中的想法。

清野聞言後，像在自言自語般，笑著回了一句「說得也是」。乾脆別待在身旁，這樣或許還能存有一份愛。如果是恨到欲殺之而後快的地步，那不如到遠方生活。我的朋友常這樣說。

忍望著蝴蝶，心想，清野為何要說那種話？同時心裡又想，她那樣說應該沒什麼深遠的含義才對。她總是如此無厘頭。

忍嘆了口氣。花朵因他的嘆息而搖曳，蝴蝶就此掉落。

就像突然遭逢意外的災厄般。蝴蝶的腳已不再動彈，連臨終前的痙攣也沒有，死得出奇平靜。究竟發生何事？忍輕觸蝴蝶的翅膀。結果牠比放置數十年的乾枯標本還要輕易地就碎裂了。

「咦……」

忍發出一聲驚呼，同時吹來一陣強風。百合的葉子發出像浪潮般的沙沙聲。百合隨風披靡的動作，令忍為之眼花。那是短短數秒間發生的事，但再次望向蝴蝶時，已不見其屍體。

是眼花看錯了嗎？

但指尖仍鮮明留有蝴蝶翅膀碎裂的觸感。

「清野小姐。」

忍無意識地叫喚清野的名字。當著她的面，不好意思叫的名字，差點就大聲叫了出來。現在沒空想害不害羞的事了。忍想告訴她剛才發生的事，希望她笑著回一句「是你想多了」。

「小忍，你怎麼了？聽你的聲音就像快要哭了似的。」

這不是清野的聲音。忍驚訝地抬起臉來。圍牆外有個小小的人影。

「結衣姐。」

站在眼前的，是忍的親戚結衣。結衣努力踮起她嬌小的身軀，想對上忍的視線。

結衣姐變得好瘦啊。

忍強忍心中的慌亂，走向圍牆旁。

結衣是忍的初戀對象。她大忍八歲，個性爽朗，原本身材豐滿，摸起來軟若無骨。忍小時候，帶他去車站前參加夏日慶典的，就是結衣。在町內的親戚當中，就屬結衣和他的年紀最相近，所以才會找上他。小忍，我們去參加慶典吧。結衣穿著浴衣前來迎接他，對他如此說道。

在返家的路上，忍仍對慶典歌舞念念不忘，嘴裡咕噥著「要是慶典別結束就好了」，結果結衣對他講了一句充滿哲理的話「慶典就因為會結束才快樂，人就因為會死才美」，就此牽起他的手。忍接受她這項說法。確實如此。天下沒不散的慶典。世上沒人可以長生不死。

結衣半年前離婚回到娘家。在當地這個小生活圈裡，傳聞很快便傳開。就連向來消息不太靈通的忍，也曾耳聞她離婚的原因。

聽說是孩子趁她沒注意，自己跑到外頭去，遇上車禍。真是可憐啊，才三歲大。她先生好像很責怪結衣。怪她這個家庭主婦是怎麼當的。最難過的明明就是她這位母親啊。

當初剛搬回娘家時，結衣始終關在家中，聽說最近開始會幫忙做家事，還會外出採買。忍因父親的喪禮而再次與她見面，她昔日豐滿的體態完全縮水，簡直就像變了個人，教人吃驚。

結衣揮著手，精神十足地說道：

「百合就算只有花蕾也會散發香味。」

經她這麼一提，忍朝身後的百合花田瞄了一眼。從這個位置看不到中央那株百合。就只有田壟上那些仍結著綠色花蕾的百合隨風搖曳。忍不想讓結衣看到那株詭異的百合，還有清野。

結衣眺望著百合。即使化妝也掩蓋不了的黑眼圈，浮現在眼袋處。好像狸貓呢，忍心想。結衣從以前就是這副狸貓臉。眼角低垂，帶有幾分嬌媚。但現在她成了一隻模樣哀傷的狸貓。她應該已經不會說「人就因為會死才美」這句話了吧。

在購物袋裡一陣掏索後，結衣遞出一支蘇打口味的冰棒。「以前我們一起吃這個對吧」，她如此說道，又拿出了一根，開始吃了起來。在她的邀約下，忍也吃起冰棒。從體內透出涼意的甘甜，感覺無比舒暢。

吃完冰棒後，結衣緩緩開口道：

「可以送我一株百合嗎？」

那是苦思許久，相當認真的口吻。帶有一股不容拒絕的氣勢。糟糕，原來這冰棒是她設下的圈套。小時候結衣多次用「我買零食請你吃」這種好聽話來騙忍替她買東西提重物。是個有心眼的人。

「這不是我種的。要我送妳一株，我可沒辦法作主……」

忍再次望向百合。百合彎著頸項，微微低頭，隨風擺盪。動作很像是催眠師用的擺墜。清野還沒從前庭返回。

結衣一副泫然欲泣的模樣。求求你，我真的很想要。想在我孩子死後的第一個盂蘭盆節拿它當裝飾。種在庭院裡，等它開花。結衣的苦苦哀訴，令忍感到害怕。如果是百合，花店應該會賣吧？但結衣卻像孩子似地，不斷反覆說著「這個才好，這個才好」。

最後忍終於讓步。這裡有這麼多百合，清野應該不會發現少了一株。他心中存有如此膚淺的想法。

花田的角落擺有一支鏟子，但為了不傷及根部，他決定徒手挖。土質鬆軟潮溼，從挖掘的邊緣處露出白色的硬物。可能是在土裡摻入小石頭吧。忍側頭感到納悶。不過，連一隻蚯蚓也沒看到，泥土深深將他的手指吞沒。

百合的根頗長，看起來就像無限綿延般。倒不如說它像是朝中央延伸而去。忍覺得可怕，直接將根截斷。這時，某處傳來「啊」的一聲。

「我會好好珍惜它的，謝謝。」

結衣臉上泛起笑容。那表情深處仍隱約可看出她心中尚未癒合的傷。

希望她可別尋短才好。

望著結衣一臉珍惜地捧著百合離去的背影，忍感覺到一股不祥的預感。那感覺從背後緩緩逼近，緊黏不放。

他為之一驚，那不是不祥的預感。而是令人感到不舒服的視線。

忍這才發現此事。背後感覺到一股緊迫黏人的氣息波動。那緊纏的視線，冰冷地燒炙著他的後腦、肩膀、背部。他全身寒毛直豎。感覺彷彿只要稍一鬆懈，後半邊的身體便會被整個奪走。

視線說明了一切。不論是善意還是惡意，都輕易地穿透而來，但這道視線過去不曾感受過。感覺就像有隻野生動物在暗處仔細觀察著你。

「……忍先生，你好過分。竟然擅自送人。」

背後旋即傳來這個聲音。

忍不自主地發出「嚇」的一聲破音。他惴惴不安地回頭，發現清野就站在他身後。距離之近，只要後退一步便會撞向她。感覺不到她的氣息。

清野難得會用這種冰冷的口吻。與她平時那像在歌唱般的溫柔聲音截然不同。

剛才的視線是清野發出的嗎？

在清野充滿怨恨的瞪視下，忍反射性地咆哮反擊。

「既然妳不喜歡這樣，那就站出來直說不就得了！妳全看到了對吧？」

是他自己不對。儘管心裡明白，但還是忍不住這麼說。「我不是自己喜歡才這麼做。我又沒惡意。」

清野倏然離開忍的身邊，仔細將挖走一株百合後留下的坑洞填平，悄聲說道：

「你這點和某人可真像。」

這句話一針見血。她說的某人，應該是指爸爸吧。再也沒其他比較的對象了。清野準確無誤地刨中忍的要害。

那不是懷有恨意的口吻，卻帶有一股平靜的氣勢。她沒粗聲粗氣地說話，就只是很確實地督促他反省。

「對不起。」

忍很坦率地道歉。清野沒說話，但她以全身訴說著自己的哀傷。

偶爾會出現很聰明的貓。彷彿完全聽得懂人話的貓。「妳的孩子剛才被抱走了，所以妳再怎麼叫喚也沒用。」對貓這樣說明後，貓就像聽懂似的，縮在自己的窩裡，露出哀傷的眼神。也不叫，就只是以牠美麗渾圓的眼睛望著不知名的方向。默默消化自己心中的哀傷。清野就像這樣的貓。

既然都送人了，那也沒辦法。

清野悄聲說道，蹲下來把洞填平。然後一直輕撫那處原本是坑洞的地方。

感覺不太對勁。

忍躺在客廳裡，很沒規矩地將腳放在和室桌上。那件事之後，因為備感尷尬，他逃也似地回到家中。原本是想幫忙田裡的工作，結果卻落得這般下場。

早知道就別去田裡了。

忍躺在地板上悶悶不樂，磨磨蹭蹭地以腳掌在和室桌面上摩挲。

小時候，每次他坐在和室桌上玩，祖母總會說「真沒規矩，你會做這種事，都是那個女人沒教養的緣故」，一面罵忍，一面說他母親壞話。只要忍犯了什麼錯，祖母就會搬出他母親來，把過錯都推到她頭上。這時候祖母罵的不是忍，而是想找個藉口來責怪她那離家出走的媳婦。

聽祖母數落母親的不是，是很痛苦的一件事。所以為了盡可能不惹祖母生氣，他總是安靜無聲，蜷縮著身子生活。那無意識的壓抑，最近才開始放鬆。祖母死後，過了都快十二年了，這種壓抑始終不曾減弱，但自從清野來了之後，一切突然都變了。

要是看到我這種沒規矩的一面，清野也會罵我嗎？就讓她罵我吧。忍翻了個身，滾向電視旁。

竟然會希望清野罵我一句「怎麼會跟個孩子一樣」。年紀愈大，竟然愈孩子樣。一般來說，應該會倒過來才對。

感覺身體莫名沉重。每一個細胞裡所含的水分，正欲順著重力往低處滴落。之前在花田裡感覺到的視線，似乎仍殘留在體內各處。

太陽已往西傾沉，整片天空化為淡紫。如此奇妙的黃昏景致極為少見。仿如大氣化為沾有顏色的水，與平時截然不同的黃昏景象。

連腦中都盈滿淡紫色，最後忍終於睡著。疲憊的一覺，分不清是經過很長一段時間，還是只有短暫的片刻。連在夢中他還喃喃說著好想睡。一直聞到百合的香氣，就像自己變成了百合般，真討厭的感覺。

他聽到某處有個縱向奔跑的聲音。是順著天花板跑走的腳步聲。爪子和肉球發出的輕快聲音。是老鼠。要是換個角度來聽，可能會誤聽成是激烈的漏雨聲。忍突然醒來，儘管躺著卻仍感到暈眩。老鼠再次快步奔跑。

老房子難免會有老鼠。最近常因為這個聲音而醒來。開著燈的時候不會太在意，但夜晚躺在棉被裡時，要是老鼠作亂，那可就教人無法心安了。現在在哪一帶呢？接著會跑到那邊去吧？心思會不自主地追著動靜跑。就像以前爸爸帶女人回家的晚上一樣，擾人入眠。

「臭老鼠，快點滾吧。」

忍朝老鼠出氣。老鼠並無過錯，牠們只是在求生存。雖然牠們是會給人帶來困擾的鄰居。

眼皮還沒張開。上下睫毛還緊黏在一起。很想再次就這樣睡著。這次一定能沉沉入睡。但老鼠一直東奔西跑，從不消停。就像在叫他起床般。

他勉強睜開眼睛，四周仍是一片漆黑。一個鐵漿[10]色的夜。可能是眼屎的緣故，眼前一片模糊。

理應看慣了的客廳，此時宛如另一座空間。近視加上光線昏暗，使得眼前的世界變得無比遙遠。可能是平時不曾躺在客廳裡，此刻看起來像是個陌生的家。就連多年來熟悉的拉門破損和汙漬，此時也感覺像是第一次看到。有種獨自被拋在異鄉之感。忍莫名流下淚來。孤獨總是都來得很突然。

他正準備拭淚時，嚇了一跳。左臂旁感覺有動靜。

有某個東西在他身旁。

忍頓時全身僵硬。他並未碰觸，而是透過空氣傳來的振動察覺得知。左臂旁確實有個溫熱之物。那東西的溫熱，微微令室內空氣產生對流。微風輕撫著身體表面。雖然沒刻意碰觸，但只要微微動一下，似乎就能碰觸到。

只要碰觸後，一切就結束了。雖然不知道是什麼會結束，但感覺會就此結束。

耳畔感覺到那東西的呼息。那是吹拂著外耳細毛的微風。嗆人的甘甜香氣。

我和某個不是人類的東西睡在一起。

有了這樣的體認後，那感覺頓時變得立體。忍正想要把這看作是自己誤會，或是夢境的延續時，那東西就像在叱喝他似地，發出濃烈的香氣。嗆人的百合香氣。幾乎快要喘不過氣來。這可不光只是老鼠的腳步聲那麼簡單。

這是什麼東西？什麼時候來的？

只要微微轉頭，就能看清楚對方的真面目，但他卻無法轉動脖子。淚水早已乾，甚至連喉嚨的黏膜都徹底乾了，想出聲卻發不出聲。

那呼息再次碰觸他的耳畔。這次則是青草的氣味。是剛割完草時，躺在草地上的氣味。

那氣息逐漸增強威力。感覺到每一根頭髮正逐漸逼近。那輕撫他皮膚的微風，也開始增強。它以一定的節奏呼氣，就像在對他說「你乾脆就睜開眼睛望向我這邊吧」。

乾脆整個失去意識不是很好嗎，此刻就像那無法成眠的夜一樣。忍隔著衣服握緊口袋裡的小石頭。他不想看，但一直保持這樣不去看，更是糟糕。他僵硬的頸骨就像沉重的石臼，發出嘎吱的難聽聲響，緩緩轉動。

他看到渾圓的頭部、頭髮，當他看到眉間時，他的脖子突然靈活了起來。從喉中

10. 古時日本用來將牙齒染黑的液體。

發出「嚇」的怪聲。他本想說一句「搞什麼嘛」，但聲帶無法運用自如。

躺在他身旁的是清野。

他望著睡得正沉，毫無防備地發出規律呼息的清野，整個人鬆了口氣。仔細想想，除了她之外，根本沒有別人，何必怕成這樣呢。

清野就像玩偶般，軟趴趴地躺在地上。右側朝下，面向忍。臉頰貼著榻榻米，睡得無比香甜。可能是光線昏暗的緣故，她看起來比白天時還要年輕，膚光勝雪。她眼皮微微顫動，是生理性的眼球震顫嗎？她一定在作夢。在眼球的震顫下，連睫毛也隨之震動。

她的呼吸近在咫尺，溫熱的體溫緩緩逼近。沒有剛才感覺到的青草氣味。是平時常聞的花香。

感覺就像眼前開了一朵花。

剛綻放的潔淨花瓣，讓人忍不住想伸手觸摸。同樣的，那柔柔的眼皮，以及無比直順的秀髮，教人很想伸手碰觸。就像小時候把玩著母親的頭髮，沉沉入睡的那段時光一樣。

忍抬起右手，湊向清野的臉龐。

清野靜靜閉著眼睛。那張臉就像假人般，有股剛硬感。只要手指再往下數公分，就能碰觸時，忍就此停住。

清野小姐，妳是不是我媽呢？

如果我是你媽，就可以摸是嗎——倘若清野如此反問，忍會搖頭。我已不是小孩子了。我現在的年紀，已不許我隨意碰觸女性，就算對方是我媽也一樣。

仔細想想，忍失去可以無條件向母親撒嬌的時代，在這樣的環境下長大。平凡無奇的黃昏，總會無來由地令他感到哀傷，這是他幼兒時期特有的憂鬱。他多麼渴望能有母親敞開雙臂溫柔地擁抱他。母親的長相和名字都是如此模糊，但他對母親的思念卻不曾消失。

受祖母憎恨的母親。捨棄父親、忍，以及這個家的母親。

在他幼小的心靈裡，曾想要將這個家連同自己一起放火燒毀。這麼一來，他的身體就能化為一縷輕煙，飛向母親身邊。

清野微微挪動身體。雖然沒實際碰觸，但有人想伸手碰觸的感覺，她已隱隱感受到。忍馬上像要將她甩開似的，手縮回自己胸前。

這就是著了魔是嗎？

他就像是差點成為性騷擾犯，突然良知覺醒的中年男子般，吁了一口氣。同一時間，清野也緩緩睜開眼。

「忍先生。」

她說話的聲音很清楚，一點都不像剛睡醒。不知清野在想些什麼，她的手伸向忍的臉龐。

不要這樣毫無防備地靠近我。

忍就像一隻做好挨打準備的小狗，逃離那隻靠近的手。清野一臉驚訝地停止動作。在她露出受傷神情的同時，忍也猛然回神。

抱歉。

清野眉頭微蹙，露出她特有的笑容。看起來既像哭，又像強忍心中痛楚。

看她流露此等表情，忍心中難過。這與某件事物很相似。最近他才發現，原來是像國中美術教科書上的聖殤圖（Pietà）。聖母瑪利亞將已死的耶穌抱在膝上，她俯視的臉龐泛著慈母的神情。清野就像那尊哀傷的母親肖像。

忍從她臉上看出強忍微笑的感覺。你終於回到我身邊了——從清野身上感受到這種悲中帶笑，超越母親的情感。為什麼會有這種感覺，忍自己也不知道。

清野起身時，臉頰上還清楚留有榻榻米的印痕。皮膚上像列印般的凹凸痕跡，讓人聯想到枯萎縮皺的花瓣。

我並不是在排斥妳。

忍很想這麼說，但喉嚨深處黏在一起，發不出聲來。

清野撐起上半身，身子搖搖晃晃，一直靜靜注視著忍。從她睡得凌亂的衣襟處，露出出奇年輕的胸脯。要是把臉埋進那光滑的胸脯中，叫一聲「媽」，她會就此停止那淒楚的微笑嗎？會叫一聲「忍」，像在抱自己孩子般，將我抱進懷中嗎？

不管怎樣，那都是撒嬌的感傷。

忍搔著左耳。耳朵的軟骨無從捉摸，不管怎麼搔，剛才的感覺還是揮之不去。那分不清是夢境還是現實的溫熱呼息，仍殘留耳際。

隔天，忍自己蹺課，慵懶地躺在客廳。他一直這樣躺著不做事，清野語帶嘆息地說了一句「當大學生真好」。

「別看我這樣，大學生也是很辛苦的。」忍如此回嘴，清野也朝他挖苦道「只要是活在世上，每個人都很辛苦」。她用吸塵器打掃、洗衣、擦拭壁龕、剪下庭院的小花插進花盆裡，忙完家事後，又匆匆趕往田裡。

今天終於可以好好幫她忙了。經過昨天的反省，忍緩緩起身。拜打工之賜，他的肌力增進不少。現在他應該能輕鬆搬運三、四個水桶沒問題。

正準備在玄關穿鞋時，傳來清野的尖叫聲。聲音聽來相當悲痛。難道是遇上變態？忍急忙往聲音的方向奔去。

「忍先生，我的花……我的孩子……」

花不可能浮向半空，但清野卻像在追蝴蝶似地，朝空中四處張望。

「不見了，不見了！有六個不見了。忍先生，你還送別人嗎？」

清野已方寸大亂。那慌亂的模樣，讓人聯想到孩子遭人綁架的母親。忍不太高興地低語一聲「真是冤枉」。他自己也知道，他此時的眼神帶有慍色。

仔細一看，百合的數量確實減少了。地面上多了好幾個坑洞。忍把手伸進衣袖裡，朝側腹搔了幾下。

「好像是被偷了。」

清野癱坐原地。枉費我這麼用力培育它們，太過分了。

見她如此悲嘆，忍臉上浮現歉疚之色。他這才發現，自己昨天的行動和眼前的情況一樣，令她心如刀割。當時自己只是很瀟脫地說了一句「既然都給人了，那也沒辦法啊」，不知清野心裡有多生氣。見她悲嘆不已，忍一時不知該如何安慰才好。

「……我還是去學校吧。」

忍逃也似地衝出家門。背後傳來清野的聲音，但不知道她到底說了些什麼。

雖說要去學校，但忍其實是走向結衣家。順利的話，就請她歸還吧。至少歸還一個也好，這樣清野或許就不會那麼悲傷。

結衣家位於車站附近的一條巷弄裡。從忍的住家到車站，騎自行車約十分鐘即可抵達。大路的途中有一處陡坡，所以他總是改走結衣家門前那條緩坡。

理應看慣的街道，徒步走來完全是另一番風貌。應該是又蓋了新房子的緣故。自從忍的祖母死後，附近的老年人開始陸續歸西。每當有一人過世，街景就會隨之改變。

這不是比喻，而是實際改變。

待喪禮結束，百日一過，大部分的屋子都會出售土地。大部分人家都沒有足夠的財力，所以不會說「要保留祖先代代傳下來的土地」這類的話。自然新建的出售住宅也隨之增多。

結衣家隔壁也一樣，隔著一處空地，蓋了五棟小透天屋。與忍他們家不同，數年前改建的這棟房子，走歐式風格。大門周邊開滿像是外國原生的鮮花，擠在這狹小的空間裡。

忍正要按下門鈴時，手卻硬生生停住。因為感覺到庭院有人。他心想，會是嬸嬸嗎，往庭院窺望，結果發現是結衣。

結衣穿著一件無袖的黑色長款連身裙。那是一件黑色喪服，自胸部以下都被夜色吞沒，完全瞧不見。蹲在百合花前，不知在喃喃自語些什麼。

美耶，美耶，請妳原諒媽媽。叫妳滾出去，並不是媽媽的真心話。因為當時有客人要來，媽媽正忙著打掃。不要這樣嘛。為什麼這樣，妳討厭媽媽了嗎？為什麼妳的半邊臉不見了？妳的左半邊臉跑哪兒去了？快回來，快回來啊。我再也不會讓妳離開我了。

結衣如此說道，臉頰朝即將綻放的百合花廝磨。她不排斥花粉沾在臉上，一再碰觸花瓣的開口處。結衣的手瘦骨嶙峋，和祖母當初因生病而變得瘦弱的時候一樣。

百合的香氣轉濃，一股強烈的暈眩感向忍襲來。這是因為結衣的四周看起來朦朦朧朧的緣故。低語聲愈來愈少。忍無法聚焦的雙眼，遠遠望見結衣緊依著百合的身影。

結衣姐。

他想出聲叫喚，但發不出聲。在百合與結衣四周，長出好幾株已結成花蕾的小株百合。結衣的母親不喜歡花香濃郁的花朵。照理應該不會種植這種百合才對。

那麼，這是什麼時候長出來的？

之前上學經過這裡時，不記得曾看過百合。他沒緊盯著別人家的庭院細看，所以也無法斷言，但他明白這不合常理。

忍不想靠近。

他感到皮膚起雞皮疙瘩。理應不存在的東西，現在突然「存在」，感覺很不舒服。就像理應已丟棄的書，自己又回到了書架上。原本應該已喝掉一半以上的果汁，卻又恢復原本的份量。

如果這是人為的力量所造成，那就不足為奇了。因為可能和人類以外的事物有關，所以才會感覺不舒服。皮膚率先有所反應，起了雞皮疙瘩。

忍落荒而逃。說來也丟臉，他腦中想不出其他選擇。不想扯上麻煩事，盡可能不引發風波，但又不想對自己的內心說謊。忍這才意識到自己是個很自我中心的人。因為有這樣的自覺，他更加嫌棄起自己。

他不知該往何處去，於是便到車站附近的大賣場打發時間。他看到水井裝設用的水管接頭配件，便掏錢買下。接著站在擺滿對付蜈蚣和蛞蝓的藥品層架前，找尋不可能會有的商品。

不知道有沒有藥物可以殲滅來路不明的植物。

店裡冷氣頗強，忍打了個噴嚏。

回到家裡時，清野坐在井邊。腳下擺了一個裝滿水的臉盆。她不時抬起腳尖，拍打著水面。模樣像極了年幼的少女。

「你回來啦，忍先生。今天可真早。今天的課上得怎樣啊？」

明知故問，今天的她真不安好心。忍不發一語地將購物袋塞向她，見過袋子裡的物品後，清野微微一笑。

「茄子、炸雞、水管接頭配件，真是古怪的組合呢。要吃炸雞，我可以做給你吃啊。」

話雖如此，看來今天我可以輕鬆一下了，清野開心地說道。仔細想想，清野每天都為忍做菜。雖然她說自己算是寄宿的，自然應該這麼做，但視此為理所當然，恰當嗎？

「……其實，我剛才是去取回昨天送人的百合。」

清野抬眼望向忍，對他說「我猜也是」。

「可是我沒辦成。」

清野將下襬捲至膝蓋，泡在冷水裡的那雙腳，在夕陽餘暉的照耀下白得驚人。清野悄聲輕笑，以微弱的聲音說，你用不著這麼在意。

「結衣姐的樣子有點怪。感覺就算叫她，她也聽不到。她朝百合叫喚自己孩子的名字……臉上不帶半點生氣。看起來就像籠罩在煙霧中。難道怪的人是我？」

明明是因為害怕而無法出聲叫喚，但因為坦白說出又覺得丟臉，所以忍扯了個謊。總有一天，這些無關緊要的謊言會層層累積，令你無法動彈。他無視於這個心裡的聲音，說出違心之言。

清野抬頭望著忍，全身就此變得僵硬。口中說了一個「煙」字後，雙唇顫抖，久久沒再出聲。

我是不是說了什麼不恰當的話？

忍困惑不解。因為他第一次看清野露出這樣的神情。

經過一番沉默後，清野突然朝水面一踢。

「忍先生，你還是去把那孩子帶回來吧。這樣下去不好，真的不好。我拜託你了。」

面對她如此懇切的請求，忍不自主地點頭同意。

接下來的幾天，忍絞盡腦汁思索從結衣那裡把花取回的方法。就算開門見山地請她把花歸還，她一定也不依。這種時候就得採取由外而內逐步攻占的方式。他從附近親戚家蒐集關於結衣的消息。

父親的百日就快到了。他以此當藉口，四處向親戚問候，順便打聽。知道忍之前的個性不易親近的親友們，很高興地對他說「這麼說對你有點失禮，不過，你父親死後，你變得成熟多了呢」，並告訴他許多消息。

最近結衣都會在上午十點左右出門採買。這幾天她氣色很差，跟她打招呼，她也不太搭理。而且比之前更瘦了，整個人蒼老許多。

隔天上午，忍看準她出門的時機，按下她家中的門鈴。前來應門的是結衣的母親。也許是正好要出門，只見她頭戴帽子，手提包包。哎呀，是忍啊，嬸嬸正要出門上班呢——嬸嬸狀甚忙碌地說道。忍向她行了一禮，開門見山地道出來意。

「前幾天，我將家中的百合送給結衣姐，不過，可否請她還我呢？這麼任性的請求，我實在對結衣姐開不了口。」

原來那是你給她的啊——嬸嬸沒看忍的雙眼，如此說道。

「最近結衣的樣子有點古怪。只要一有空就到庭院去，站在那朵花面前。晚上也不好好睡，老待在庭院裡……我覺得有點可怕，甚至想把它剪掉呢。如果你肯帶走的話，那就再好不過了。小忍，那花真的是百合嗎？嬸嬸覺得它有點可怕呢。」

嬸嬸的臉上帶有一股難以掩藏的嫌棄感。

「抱歉，你好心送我們，我還嫌它不好。嬸嬸要出門了，你可以自行把它帶走。」

忍頷首，以自己帶來的鏟子，將百合連同泥土掘起，裝進塑膠袋中。它的根頗長，與周圍的百合緊緊相連。忍本能性地察覺，將它們全部帶走比較妥當。它們都是同根生的百合，不能就這樣放著不管。

他急著挖掘，想趕在結衣回來前處理好。有一根長根往不知名的方向延伸而去，一路通往道路的方向。

這是怎麼回事？

他想挖掘看看，但嬸嬸在背後喚道「還在忙啊」。根似乎往西北的方向而去。最後，在忍結束挖掘作業之前，嬸嬸一直都待在庭院裡觀察四周。

待完成所有工作後，忍草草寒暄幾句，便騎著自行車返回家中。可能是放的角度沒擺好，擺在車籃裡的塑膠袋一直發出卡嚓卡嚓的聲響，有點詭異。那袋子持續發出卡嚓卡嚓的聲音，甚至讓人懷疑是不是不小心將什麼蟲子或鳥裝進了袋子裡。

「……我拿回來了！」

忍就像在處理什麼危險物品般，戰戰兢兢地將塑膠袋遞給清野。清野接過後，仔細地一一取出裡頭的百合。「哎呀，繁殖了不少呢。」雖然清野說得若無其事，但忍感覺得出來，清野心裡很慌張。如果是當初剛見面那時候，忍一定察覺不出。清野很擅長壓抑情感。

連同原本的母株在內，共有十株。後來長出的百合，約有一半高。清野很細心地將它們一併種進土中。

這些孩子們是無辜的。

她如此低語，溫柔地替它們覆土。她緊緊咬牙。就算是難過的時候，也還是笑比較好。如果怎樣都笑不出來，那就緊緊咬牙，這樣嘴角會微微上揚，也是個不錯的方法。之前在田裡發現有隻老貓像睡著般死去時，她曾這樣說過。如今她就像那時候說的一樣，緊緊咬牙。

忍先生，怎麼辦？這些孩子該怎麼辦才好？

清野如此哭訴，忍聽了之後，不知鬆了多大一口氣。他根本不知道該如何是好。非但不知道該如何處理，還感到害怕。這座百合花田已是一處幽冥之地。清野種出不屬於這世界的花朵。

「……得對這些孩子澆水才行。忍先生，你可以幫我用幫浦打水嗎？」

忍頷首，面向水井。清野握緊水管，靜靜站在花田前。忍轉頭望向她那模糊的背影，揉了揉眼睛。近視度數似乎又加深了。

雲層開始在空中擴散開來。照這樣子看來，應該會有一場大雷陣雨。但清野卻一直手持水管等候。忍默默地打著幫浦。

果然一如預期，下起了雷陣雨。傾盆大雨降下後，前庭馬上變為水池。老舊的雨水管發出難聽的咕嚕咕嚕聲，似乎裡頭塞滿了垃圾。本以為這和平時一樣，只是短暫的陣雨，但下了將近一個小時卻還不見雨停的跡象。

「忍先生，電話在響呢？」

經她這麼一提，忍為之一驚。他不知不覺間打起了盹。仔細一看，確實有電話打來。他上個月才剛換新的智慧型手機，還不習慣。他急忙點了一下畫面。是結衣的母親打來的。

——啊，小忍，我女兒有沒有去你那兒？

嬸嬸顯得很慌亂。一問之下得知，嬸嬸返家後，已不見結衣的蹤影。

——她扔下手機和購物袋就這麼走了。我找了好久，始終都找不到。太陽都快下山了，這可怎麼辦才好。

她的聲音彷彿隨時都會轉為尖叫。仔細想想，結衣失去女兒，嬸嬸失去外孫女。那種失落感遠超出忍所能想像。要是現在連女兒也一併失去的話……忍明白她很可能會這麼想。

我也幫忙您找。忍如此說道，掛斷電話走向玄關。這時候人手愈多愈好。清野在背後說道「我也幫忙找」。這麼大的雨，妳待在家裡吧。忍很直接地對她說了這麼一句，就此衝出屋外。

在大雨的沖刷下，倉庫的鐵皮屋頂發出幾欲碎裂的聲響。忍先跑向後院。他心想，或許結衣是在那裡找那株百合。

眼前這場豪雨，感覺宛如站在瀑布底下。雨滴映照出泥土的褐色、雲的灰色，以及微微的亮光白色。視野變得好狹窄。幾乎到伸手不見五指的地步。感覺連睫毛都快被沖掉了。它根本無法發揮保護眼睛的功能，反而還緊貼在眼球上。

忍在田裡繞了兩圈，找尋人影，但始終看不到結衣。話說回來，在這樣的滂沱大雨中，沒人可以處之泰然。忍抬起手臂擋在頭上，以此遮雨，勉強維持呼吸無礙，就此走出屋外。馬路泡水，化為小河。他在水面上邊跳邊跑。

但忍完全沒半點頭緒，盲目地在街上四處找尋。以前和結衣一起去過的點心店、游泳池、結衣就讀的中學，他全都查看過，但徒勞無功。路上沒有行人，就算想詢問是否有人見過她，也無從問起。

全身變得無比沉重。就像直接將沒脫水的衣服穿在身上。儘管全身溼透，但還是感覺得出水滴進衣領，順著身體流下。

「結衣姐，妳在哪兒啊。」

忍頻頻眨眼，努力睜大眼睛細瞧。明明想用肉眼尋人，但嗅覺卻早一步察覺出動靜。大雨中摻雜著一縷花香。這種時候百合仍散發著香氣。

這裡應該已經離家很遠了才對。

背後有個東西滑落，那不是雨水。確實是百合的香氣。剛開始綻放的百合香氣。

順著那飄來的香氣走去，在一處以鐵絲網包覆的前方，有一座煙雨迷濛的梅林，那裡傳來百合的氣味。

梅林的樹下冒出一朵朵小花，看起來猶如構成一條通往陰間的道路。林中深處幽暗，花朵化為燈火，浮泛其上。帶有一股陰鬱之美。

也許就是這裡。忍攀附在鐵絲網上，找尋人影。但林中一片悄靜，除了大雨搖撼著百合外，不見任何動靜。他再次叫喚一聲「結衣姐」，確認過裡頭沒人後，再次邁步跑了起來。

心臟發出噗通噗通的跳動聲，讓人覺得不太舒服。剛才梅林裡開出的花朵，是家裡被偷走的花嗎？或單純只是偶然？

跑著跑著，發現到處都傳來百合的花香。就算沒投注視線，忍也感覺得到它們的存在。他的身體已化為天線。他吞下許多雨水，嗅聞那嗆人的百合香氣，胃部幾乎快要痙攣。驀地，他轉頭望向一旁，發現前方有個看起來很祥和的小庭院，那裡種滿一群百合，敞開著被雨淋溼的花瓣。它們在雨中妖豔地搖曳，恍如在嘲笑忍。

為什麼會開出這麼多百合呢？這樣不是整個市街都聞得到它的花香嗎？忍盲目地跑著。因下雨而感到呼吸困難。而且花香濃得令人喘不過氣來。不管再怎麼跑，百合的香氣始終緊追在後。

要怎樣才能擺脫它們的糾纏呢？

原本應該是他在追結衣，但現在卻成了他被百合追著跑，忍一味地往前飛奔而去。

不知跑了多久，當他來到市民會館附近時，他看到馬路對面有朵白色和紫紅色相間的大百合朝他走來。忍心想「啊，我腦袋終於錯亂了」，後來才發現，朝他靠近的是一把傘。拿傘的人是結衣的母親。

「小忍！你跑到這兒來啦。」

嬸嬸的臉已完全脫妝，溼成這種程度，打傘已沒有意義。聽說有幾名親戚也投入尋人的工作中，忍略感心安，但聽過他們搜尋的場所後，他一時為之茫然。他們幾乎都已搜遍，再也沒其他地方可找。如果結衣是搭公共交通工具，那就只能請警方或偵探協尋了。

嬸嬸以苦思良久的表情，對忍說道「小忍，請讓我到你家找找看」。面對她這股氣勢，忍無從推辭。

返抵家門時，家裡一片闃靜。明明吩咐過清野要待在家中，但她似乎還是出門了。雨勢已略微減弱。

天色比平時暗得更早。忍取來固定擺在玄關備用的手電筒。嬸嬸一走進庭院，便低語道「百合開花了呢」，伸手直直地指著後院。

嬸嬸叫喚著結衣的名字。結衣、結衣、結衣。忍被她那無比認真的態度所震懾。不管年紀再長，孩子終究還是孩子。真是驚人的母愛。所謂的母親原來就是這樣？忍從來不懂這種熱情。儘管嬸嬸渾身是泥，仍努力撥開百合。

不知不覺間，大雨已轉為霧雨。那是從口鼻侵入體內，無從閃避的雨。手電筒的燈光胡亂折射，有種朦朧走在雲中的感覺，很沒安全感。

忍照向百合的根部。他努力照亮嬸嬸的前方，但他不覺得這樣會有多大的效果。

正當他如此暗忖時，突然看見地面出現一個光滑之物。一開始還以為是埋在土裡的貝殼。有五個貝殼。開成五叉的土色樹根前端嵌著白色貝殼。那與祖母之前布滿皺紋、瘦骨嶙峋的瘦弱模樣完全相同。

是手。那隻手是……

正當忍倒抽一口冷氣時，嬸嬸已早一步放聲大喊：

「結衣！」

結衣就像被掩埋般，坐在茂密的草叢裡。葉子覆蓋在她臉上，模樣就像被百合環抱一般。也許是下雨的緣故，她的腿有一半陷在土中。

剛才尋找時明明沒看到啊。忍為之啞然無語。雖然已轉為小雨，但這完全是因為母親的執著，才得以找到結衣。

嬸嬸不顧滿身泥濘，癱坐在結衣身旁說道「妳還活著，太好了」。之前就連忍這樣的外人，也曾經替結衣擔心，怕她會尋短。不知她的至親心中又是作何想法？

結衣面容憔悴，兩頰凹陷，頭髮白了一大片。一陣像煙霧般的東西從她身上冉冉而升，不是往上飄，而是往旁邊而去。因為混在雨霧中，嬸嬸似乎渾然未覺。忍望向那陣煙飄向的地方。就像香菸排出的白煙被空氣清淨機吸除般，它纏向百合後，就此消失無蹤。結衣以空洞的眼神望著那陣煙飄散的方向。

「只要妳還活著就行了。不管變成怎樣都沒關係，結衣！美耶的死，不是妳的錯！」

望著嬸嬸緊抱自己的女兒哭泣嗚咽，忍不知如何是好。此時他興起這種場合下不該有的念頭——真羨慕有個會這樣為孩子哭泣的母親。

結衣因嬸嬸的聲音而抬眼，低語道：

「……媽，美耶是誰？」

嬸嬸一時間露出難以置信的眼神，接著她鬆去全身緊繃的力氣說道「沒關係，妳想不起來也好。剛才我說的話，妳就忘了吧」。她很幹練地請忍幫忙叫救護車來。這種時候，女人為何可以變得如此堅強呢？

百合的香氣緊緊纏遍全身。那潮溼甘甜的氣味沉澱在肺部裡。百合花發出沙沙的響聲。看在忍眼中，只覺得那是某個有意識的生命在微笑。

它們會吸取人的記憶是吧。讓人變得虛弱，失去意識，以此為樂是嗎？

結衣讓母親抱在懷中，以孩子似的聲音重複叫著「媽」。每次嬸嬸都會以平靜的口吻回一句「什麼事啊，結衣」。那溫柔的對話，一直持續到救護車的警笛聲接近為止。

目送兩人坐上救護車後，忍走在花田四周。雨已完全止歇。四周已不見剛才的煙霧，但剛才他看到的景象，絕不是一時眼花。忍已不認為那百合只是普通的花。他呼出積在肺裡的氣息，對百合說道：

「你們都枯死最好。」

撂下一句很無聊的狠話，但這確實是忍的真心話。不能再這樣放任不管，但是該怎麼做才好呢？

忍坐向玄關的入門台階處，雙手抱頭。他疲憊已極，連站起身的力氣都不剩。口袋裡的黑色小石頭，抵向他的大腿。忍一面哭，一面握緊那顆石頭。

媽，我該怎麼辦才好？我不知道該怎麼做。

不知何時，清野已來到玄關。「忍先生」，她如此叫喚，輕撫著他的背。她的手，是否和輕撫結衣的嬸嬸一樣呢？

忍因清野手中的溫熱而得到放鬆。儘管獲得放鬆，卻感覺心底逐漸變得緊繃僵硬。他心底在吶喊「都是因為妳種了那種東西」。不好的想像，不斷從他腦中掠過。

如果她明明很清楚這一切，還故意種下那種花的話……？

如果她自己本身就不是人類的話……？

之前在尋找結衣時，在街上發現的那座百合花田，是清野的百合造成的嗎？

忍沉聲低語道：

「……妳老實說，妳為何要種那株花。」

清野微微側頭，笑著問他為何問這個問題。

「為什麼是吧。可能是因為那株花希望我把它種下吧。想讓你看看眾多百合齊開的景象……很美吧？」

清野笑得天真無邪，在她的輕撫下，忍打了個寒顫。他體驗到跪坐地上，雙膝仍會顫抖的罕見現象，但乍看之下卻只像是在抖腳。

「……我害怕。我不需要那種東西。」

忍笑不出來，但他的膝蓋卻像在大笑般，一直顫抖不停。

那天晚上，忍遲遲無法入睡，他躺在棉被上完全沒合眼，望著智慧型手機上的行事曆。

日期已經改變，螢幕上顯示出「百日法會，納骨」的文字。父親死後的這些日子，他都和清野一起度過。

已經三個月了。才短短三個月。在這短暫的時間裡，百合不只長滿了後院，更四處擴張勢力範圍。而培育百合的人是清野。

不論何時，清野都很開心地照顧著百合，就像她照顧忍一樣。她展現出慈母般的面容，但她該不會只是為了在庭院裡種花，才來這裡生活吧？

想到這裡，忍感到胸口隱隱作疼。若真是這樣，我實在是愚蠢至極。竟然天真地期待她會是我母親，而把她留在家裡。因為他深信和清野一同度過的這些日子，會為他帶來心靈的安定，不曾懷疑。

他躺在棉被上，眼望天花板，耳聽風鑽縫隙的聲音以及屋子發出的嘎吱聲。淚水流進耳中，臉頰無比冰冷。

萬籟俱寂的夜。往年每到這個時節總會聽到小黃蛉蟋唧唧唧的鳴叫聲，但此時完全聽不見。父親過世，清野到來，世界完全變了樣。感覺不到生物氣息的夏天，委實空虛。

連老鼠也不再到處亂跑。

忍想到這件事，猛然彈跳而起。幾天前，明明還因為老鼠東奔西跑的聲響而心煩呢。

日子過得安穩。討厭的鄰居搬往他處。要是能這麼想就好了，但不安卻不斷增加。有哪裡不太對勁。這個家。這座市街。這一切的一切。乍看之下若無其事，但有東西正在慢慢侵蝕這一切。

忍感到喉嚨無比乾渴，走進廚房。他不想喝清野事先準備好的茶，轉開水龍頭，用手盛水來喝。月光亮得出奇，不用開燈也能看清楚室內。他覺得奇怪，走向客廳，發現外廊的防雨窗開著。

心中興起不祥的預感。他悄悄往客廳隔壁的清野房間窺望。

不在裡頭。

忍從外廊躍向屋外。清野會去的地方，就只能想到後院了。

如果清野是去繁殖百合的話……忍極力揮除腦中的胡思亂想。她繁殖百合，是打算讓周遭人變得和結衣一樣嗎？先前有幾株百合花不見，她的難過嘆息，難道全是假裝？他幾欲被滿是問號的想法給壓垮，甚至連涼鞋都忘了穿。庭院的泥土下雨而變得溼黏。

今晚還不算滿月。也許是豪雨洗淨天空，月亮光輝如鏡。忍就像具有向光性的昆蟲般，在月光的引誘下，找尋清野的背影。月光不像陽光那般熾熱，但帶有些許溫暖。

清野正赤腳走向後院。她的動作不顯絲毫躊躇，讓人懷疑她是否被某種邪靈所附身。就像某種寄生生物會將宿主引至水邊般，會不會有某個東西在向她叫喚招手呢？

清野隱約可見的後頸，微微透著光芒。相較於那沾滿泥濘的腳趾和腳掌，她的腳背、腳踝、小腿，完全沒半點血色，蒼白已極。她的腳往幽暗處延伸而去。宛如降生在死者世界的初生者。忍與清野的距離愈來愈遠。

腳掌碰觸溼土的觸感，令他覺得自己曾經也像這樣走過。但他想不起是什麼時候的事。

清野佇立於花田中央。眼前那株帶化的百合所呈現的氣勢，就像寺裡的香爐。花朵們散發出的濃密香氣，使四周看起來煙靄迷濛。但天空卻又皓月高懸。這不像是一般世間應有的場景。忍躲在屋子的暗處，窺望清野的模樣。

清野靠向那株帶化的百合，猶如與百合合為一體，一動也不動。埋身於錦簇花團中的清野，好似一隻蝴蝶。

清野與百合竊竊私語，聽不到她說了些什麼。但感覺得出像是在對話，讓人懷疑她是在跟人講電話。

夜色漸深，就像水漸漸漲高一樣。清野的身影愈來愈模糊，四周瀰漫著像紫煙般的煙霧。

清野以責備的口吻說了些話。百合花劇烈地搖晃著。花朵沉沉地擺盪。花蕾相互摩擦，沙沙作響。

儘管如此，百合還是散發出令人反感的香氣，忍無法靠近。清野還是一樣站在花田上，反覆地低語。

……我明明那麼努力。虧我這麼喜歡那孩子。那孩子不要我了嗎？

這是在說些什麼？那孩子是指我嗎？清野仍站在百合面前，和花一起搖曳。

不能靠近。不想靠近。忍躡腳返回自己房間。百合的香氣四處飄散，一路來到忍的房間。那變淡的花香，與清野的味道很相似。

真想到一處聞不到這氣味的地方。

忍從抽屜裡取出布偶，將清野替他縫補的地方撕裂。當初清野說要用後院那塊地，真不應該那麼隨便就答應她。也不應該送花給結衣。不，歸咎起來，當初我叫清野在此住下，是我自己不對？

不論是結衣、清野，還是百合，真想全部都忘掉。

聞到味噌湯的香味，又是一個新的早晨。但絕不是個充滿希望的早晨。

忍像平時一樣洗臉、刮鬍子，穿上平時不會穿的西裝，來到廚房。清野一見到他，笑著道「你看起來真有精神，果然是人要衣裝，佛要金裝啊」。

忍發現清野整個人看起來小了一圈。就像結霜般，頭髮變白許多。之前曾看過她頭上出現幾根白髮，但沒這麼明顯。手背上布滿細密的皺紋。她的手正在盛味噌湯，每次揮動勺子，就可清楚看見筋骨在薄薄的皮膚下蠢動。昨天看到結衣的手，也是這個樣子。

為什麼會這樣？

忍為之錯愕。為什麼她會和結衣同樣的情況？如果她是百合的同伴，應該不會變成這樣才對。若真是如此，那麼昨晚忍看到的那一幕，是百合正在危害清野。

遲遲難以嚥下的飯粒，教忍不知如何是好，他同時還不忘偷瞄清野。清野問他怎麼了，忍打斷她的話，低聲說道：

「妳回去吧。妳說自己居無定所，是騙人的吧。」

清野雙目圓睜。她流露出很受傷的表情，就像在說——你之前從沒說過這種話，為什麼現在要這樣說。

「就算妳待在這裡，也不會有什麼好事。我爸今天就要納骨了。這樣也就夠了。妳可以不用再玩這種扮演母親的遊戲了。」

這並不是忍的真心話。他只是覺得，如果清野再繼續待下去，會變得愈來愈蒼老。清野恐怕會化為一陣輕煙，消失不見，變得像結衣一樣，他怕會是這種結果。

清野雙唇顫動著向他問道「你不要我了嗎」。是昨晚在田裡聽過的話。忍收拾飯碗，只對清野說一句「我去納骨了」，便離家而去。

捧起白木箱，感覺出奇地重，連心情也跟著沉重起來。

百日法會在附近的菩提寺[11]舉行。如果是採近來流行的簡便喪禮儀式，似乎會在喪禮當天一併舉行頭七和納骨儀式，但因為忍的家風保守，親戚們不許他這麼做。不過今天這場法會就只有誦經納骨，所以只有意見最多的分家叔叔和忍兩人參加。這也是因為他對親戚們說「這樣一再請各位前來，晚輩感到過意不去」，說得真摯動人，這才得以奏效。當他四處向親戚們通報此事時，仍有人說「我還是去好了」，但都被他婉拒。

仔細想想，自己老是在拒絕別人的好意。之所以會馬上拒絕別人的關心，是因為害怕日後別人棄他於不顧。就只有清野，在忍開口拒絕之前，自己毫不客氣地走進他的領域中。

將骨灰罈放進冰冷的納骨棺[12]內後，與忍他父親是遠房表兄弟關係的叔叔，頻頻對

11. 是日本的一種寺廟種類，用來收納祖先牌位。
12. 墳墓底下用來放置骨灰罈的空間。

他說「有困難的話，隨時可以來找我」。這句話說得一點誠意也沒有。他住在遙遠的長野，就算有困難找他商量，又有何用。要是告訴他「我家裡長了好多奇怪的百合，很傷腦筋呢」，他會幫我想辦法嗎？

叔叔拍著忍的肩膀，忍低頭行了一禮，向他說「謝謝」，緊緊咬牙。別想要撒嬌。這樣依賴別人有什麼用。現在只能做自己有能力辦到的事。

送叔叔到車站後，忍重重拍打自己的臉頰。他得先確認一件事。昨天發現的那處百合叢生的地方，他要再去看一次。如果清野被偷走的百合就在那裡的話……忍緊緊咬牙。

他先去看那座梅林。當他發現那二十棵梅樹底下長的全是百合時，剛才的氣勢全沒了。他萬萬沒想到會這麼多。坐落中央的一株百合，周圍滿是盛開的百合。成群的小百合。這只能算是家裡百合的迷你版。

百合沐浴在林間灑落的陽光下，花朵盛開，顯得朝氣蓬勃，看在旁人眼裡，覺得它們長得很健全，但其實它們一點都不健全。每次微風輕送，百合就隨風搖曳。在它們擺動的瞬間，忍發現有名中年男子站在百合中。是這座梅林的主人。

男子就和之前的結衣一樣，跪在百合前。口中唸唸有詞，像在訴說，也像在祈求。忍聽不到他在說些什麼。雖然他身上沒飄散出煙霧，但任誰也看得出來，他模樣不太對勁。他眼袋有著濃濃的黑眼圈。那是只有泛黃眼白的眼睛，模樣就像透著蛋黃顏色的水煮蛋。百合在男子四周發出沙沙的聲響。

不要、不要、不要。我不想看這種東西。

忍緊按胸口，覺得呼吸困難。也許心臟比想像中還要容易停止跳動。他腦中一片模糊。

還有其他事得確認。應該還有其他地方才對。

忍拖著虛浮的腳步，在街上行走。

小小的庭院已全部化為百合花田的屋子；就像侵蝕了家庭菜園的田壟般，百合叢生的屋子；被指定為生產綠地[13]的田地內某個角落等等，只要順著百合的香氣找尋，並不是什麼難事。它們確實在呼喚著忍。「這邊、這邊」就像在引誘他靠近般，散發著香氣。

百合宛如絕望般旺盛地綻放。化為百合花田的場所，數量與被偷走的百合一樣。毋庸置疑，清野的百合會帶來危害。他感到無比頹喪。不管怎樣，它們一定還是會繁殖下去。該怎麼做才能消滅它們呢？

每個地方都有人跪在百合面前。他們掩埋在百合花中，露出和結衣同樣的眼神。

13. 為了環保，而依據生產綠地法指定的農地、採草放牧地、森林、漁業用池沼等。

他們就像變成植物般，一動也不動，就只是靜靜注視著百合。

忍很想一把將花扯下，放在腳下踩爛。如果這樣就能結束這一切，那可就輕鬆多了。

面對百合搖曳的聲響，忍就只能呆立原地。

*

忍先生沒回來。

他出門時說的話，不斷在我腦中盤旋。

妳可以不用再玩這種扮演母親的遊戲了。

雖然哀傷，但我還是有種豁然曉悟的感覺。他已經不是小孩了。不可能一直像那天一樣，伸長著手叫媽媽。也許是我自己誤會了。

聽見嘰哩嘰哩的百合呼叫聲。我得走了。我在懷裡藏了一把園藝剪，朝聲音的方向走去。

子株們叫喚著「媽媽、媽媽」。它們伸長花莖，朝我吸附而來。百合們散發濃郁香氣，花瓣和葉子發出聲響，朝我靠了過來。

百合們的肌膚感覺好舒服。我望著它們，發現那像指紋般細緻的花瓣紋路，變得愈來愈明顯。我幾欲就此進入百合內。

每次望著百合，嗅聞其香氣，便會像影片倒帶般，腦中浮現各種往事。剛才的事、昨天的事、前天的事、一週前的事，依序浮現眼前。

浮現腦海的記憶，猶如成串的地瓜。也像是原本腦中揉成一團的老舊毛線球，開始緩緩鬆脫。鬆開後，燃起五顏六色的火焰。燃燒後，浮在物體的表面，不住地擺盪。

記憶在化為煙霧離開身體時，會清楚地復甦。在這樣的契機下，過去發生過的事也會一併憶起。憶起的事會陸續化為煙霧，接連進入百合體內。

被百合吸走記憶，是很舒服的事。那短暫的瞬間，與酒醉的感覺很相似。

百合說它們特吸喜歡悲傷的記憶。它們只挑選喜愛的部分吸取。要是隨便吸取，剩下的前後記憶會像被扯斷的串珠作品一樣散落一地，就算重新撿拾，也分不清是哪個部分、哪個時候的事。有時會隱隱覺得好像發生過這樣的事，但很快就又忘了。一旦不確定這一切，內心就會產生混亂，感到茫然，然後心想「算了，不管了」，變得只會思考眼前的事。每次被百合它們吸走記憶，就覺得自己的身體不聽使喚。腦中冒出蟲子蛀成的空洞。不管是要展開行動還是思考，都不知道最根本的做法是什麼。身心就此停止運作，使不上力，教人感到困惑。

請不要吸取別人的記憶。我如此吩咐它們，但等到我被吸空後，它們應該會找別的對象。也許會對忍先生下手。

我自己播的種，得自己割除才行。但我辦得到嗎？這些花就像孩子。我就像我那位朋友一樣，割捨不了自己的孩子。

想到我的朋友時，百合們紛紛纏向我，直說「這個好吃」。接著它們難過地發出嘰哩的聲響，對我說「沒辦法順利吸取」。

媽媽，請把它給我們，拜託。

它們一直苦苦央求，令我好為難。有件事我絕不能忘。那是我得告訴忍先生的事。

百合它們試著強行吸取我的記憶。好痛。就像有人拿著焊接器抵向我位於肉體深處的細胞。一再地燒灼，冒出白煙。身體緩緩湧出記憶的煙霧。

百合像嬰兒般緊纏著我，不斷地吸吮。雖然可愛，卻也討厭。雖然討厭，卻又教人無限憐愛。

我喉嚨無比乾渴。全身變得乾巴巴，幾乎都快龜裂了。皮膚隱隱刺痛。仔細一看，我的皮膚趕不上急速乾燥和老化的速度，已微微滲血。從皺紋間滲出的血水，呈網狀向外擴散。

好熱。好痛。我想喝水。我需要水分。

就像蛻皮的蛇思念水邊一樣，我離開百合們，朝水井走去。背後傳來叫喚媽媽的聲音。一時之間，我對那些需要我的百合們產生憎恨之情。

我那位朋友說的，應該就是這種感覺吧。

百合們索討的一部分記憶，就此從我皮膚上滑過，離開了我的身體。

種好百合後，原本在外廊上午睡的孩子醒來，放聲哭泣。可能是做了可怕的噩夢，不斷重複喊著媽媽。孩子朝我朋友伸手要抱抱，但我朋友卻只是看了他一眼。

「他在哭喔。」

我一面在庭院翻土，一面朝她喚道。聽到孩子的哭聲，令我覺得難受。但她卻只是以平淡的口吻說道：

「他只是在鬧脾氣。他剛起床都會這樣。這麼愛哭，真教人頭疼。」

她的神情中夾雜了對自己孩子的疼愛和討厭。

「也許我不適合當媽媽。雖然當時我心想，就算嘗盡千辛萬苦，也還是要把孩子生下來。所以我才會不惜輟學，生下孩子。但有時我也會憎恨這孩子。我怕自己哪天可能會殺了他。因為他和那個人長得很像。不光只是因為他是我的孩子。」

「……妳這是在對我說嗎？」

我想著剛種好的百合鱗莖，手擺在自己肚皮上。日後會發芽長大之物。那蘊涵這種可能性之物，已被我摘除。我這位朋友對自己產子一事感到後悔。但我和她相反。這腹中空洞的悲哀，不是曾經產子的她所能理解。

孩子哭得悲切，我的胸部和下腹因此隱隱作痛。

「你不要的話，就給我吧。請把這孩子送給我，我會用心養育他長大，讓他變成一個很黏我的孩子。妳只要偶爾來看看他就行了。到時候妳一定會很不甘心。」

我那位朋友哭著說，好啊。

「到時候我一定會氣得直蹬地，還直嚷著這明明是我的孩子……如果妳要收養他，那我拜託妳，到一個我看不到他的地方。清野，如果是妳，我可以將孩子交給妳。忍就拜託妳了，請代替我好好……」

她是叫我守護他，還是疼愛他呢？她說的話，已化為煙霧，被百合吸走。

*

忍拖著沉重的步伐走在傍晚的道路上。如果現在回去，他恐怕會狠狠責罵清野一頓，所以他想拖延時間。在他住慣的市街上成了一個迷路的孩童。差點就放聲大叫「我不要、我不要、我不要」。

某處傳來煮魚的味道。開始點亮的萬家燈火，光線柔和。已經是晚餐時刻。

回去的路上，忍數著電線杆的數目。這是他小學時學會的無聊遊戲。

家裡到學校的路上，共有五十二根電線杆。他獨自上下學時，一定都會逐一細數。如果數目吻合，就會有好事發生。要是連續數一百次都沒錯，媽媽就會歸來──這是他自己訂下的規則。

但不管挑戰再多次，總會在某個地方數錯。最後都是失敗收場的百次參拜[14]。因為期望母親歸來的心不夠虔誠，所以才辦不到。所以媽媽才不會回來。忍就像在欺負自己般，一再這麼告訴自己，暗自落淚。

腦中想著這種事，就會搞不清楚數過的電線杆數目。連數到幾都給忘了。

好不容易來到家門前，忍嗅聞乘著夜氣飄送而來的百合香氣。香氣猶如薄薄的絲綢，擁有明確的質感。浸潤人的肺部，聞到令人難過的氣味。他確實也曾經喜歡過這個氣味，但現在只覺得這像是令人反感的屍臭。

伸手搭在門上時，聽見水聲。

忍好奇走進庭院。和先前一樣，四周飄散著濃稠的淡紫色空氣。無比碩大的滿月高掛東方的天際。這月亮就像貼在天上的一塊厚紙板。

庭院鴉默雀靜。只聽見滴答滴答的細微水滴聲。

接著突然一陣激烈的嘩啦聲。忍惴惴不安地望去，發現清野正以臉盆裝水，從頭

14. 日本的某種信仰，人們認為，只要持續至寺院參拜一百次，就能達成心願。

淋下。她搖搖晃晃地裝好水，一再地沖水。從她身上飄散出一道煙霧。
忍知道這幕景象。一模一樣，和媽媽那天一樣。
之前忘卻的記憶，在忍腦中無聲地迸散開來。
那天，月亮看起來碩大無比。四周一片悄靜，秋蟲叫聲急促，微帶寒意的秋夜。不斷鳴響的蟲鳴、老鼠在閣樓裡東奔西跑的腳步聲。忍突然醒來，不知所措，發現原本睡在身旁的母親不知去向，急忙東張西望。
媽。
他搖搖晃晃地走下樓梯，到洗手間和廚房找尋。不久，他聽見庭院傳來水聲，於是便赤腳走出後門。
在只有夜燈和月亮發出亮光的夜裡，母親帶有修羅的煞氣，正嘩啦嘩啦地沖著井水。
那好像是沖水淨身的儀式。以臉盆裝井水，將冰冷的井水從頭淋下。忍睡覺時，總會把玩的那輕柔秀髮，此時就像落淚般，滴落水珠。
母親持續沖水的模樣，好似在說她全身滿是汙穢。
忍躲在柿子樹後，靜靜注視著母親。
一直都靜靜待在家中努力做家事的母親，那模樣總是令忍感到同情。看母親連睡覺時也皺著眉頭，緊緊咬牙，便替她如此壓抑自己感到悲哀，同時也對自己什麼忙也幫不上感到嘆息。

將來我一定要保護媽媽。保護媽媽和爸爸遠離這世上一切悲哀的事。

但忍還年幼。他知道自己一個人連房間的電燈都打不開。所以他看母親在井邊靜靜流淚，只能藉著沖水來掩飾淚水，對此心如刀割。母親感受到的苦悶，以及無處宣洩的苦楚，就像全湧至忍的面前一般。

媽。

他忍不住出聲叫喚。母親放下臉盆，靜靜說道。

小忍，怎麼啦？你醒啦？

母親那年輕的臉頰呈現老態，但還是回以微笑。

媽，妳為什麼沖水？

母親說出一聽就知道有假的謊言。

因為天氣熱。媽媽最怕熱了。

被水淋溼的母親，無比美豔。她就像帶有自行發光的體質般，微微散發光芒。之所以會有這種感覺，應該是因為母親的肌膚升起騰騰水氣。

冰涼的空氣、井水、母親因憤怒和悲戚而燃燒的肌膚。忍第一次見識人體散發的煙霧。

火爐上的水壺、香、浴缸的水蒸氣、馬克杯裡的熱飲。

年幼的忍無法明瞭區分水氣和煙霧。只知道那是溫熱逐漸消失的象徵。

此刻溫熱正從母親身上消失。

想到這裡，他不禁害怕起來。他以為母親的生命會就此蒸發霧散。為了想留住母親流失的體熱，忍緊緊抱住母親。母親說了一句「這樣你會弄溼的」，想避開忍。

母親全身不斷升起白色氣體，連呼氣都是白的。

忍無比心急，心想，要是再這樣下去，媽媽會死的！

媽。

他如此叫喚，緊抱著母親，結果母親哭著勒緊他的脖子。

你真的長得和你爸爸好像。日後也會變得像你爸爸那樣嗎？

母親的手無比溼滑，頭髮傳來一股甘甜的香氣。雖然痛苦，但忍覺得很陶醉。母親已好久沒碰他了。感覺母親好像在躲著他。

媽，妳不用再忍耐了。我愛妳，媽。

母親鬆手，放聲哭泣。祖母聞聲趕至，忍用眼角餘光看到祖母的身影。

隔天，母親便離家出走了。

「媽！」

忍不由自主地放聲大叫。他終於憶起母親的相貌，她長得很美，但她不是清野。儘管明白她不是母親，還是忍不住這樣叫她。

忍將清野拉離井邊。清野步履虛浮，癱坐地上。明明不是寒冷的時節，但她沖過水的身體卻有煙霧冉冉而升。又細又長，持續往某處飄去。

清野看起來比今天早上更憔悴、衰老。溼透的肌膚微微滲血。

「是那株百合害的對吧。都是它們害的。」

「……這些孩子們只是想繁殖。它們只是想活下去。」

忍感到體內的血液逆流。她都被整成這樣了，還在包庇它們？只因為是她一手培育的嗎？別開玩笑了。就像是劃破自己的肉來餵血似的，這就是母親嗎？明明已經給人帶來困擾，卻還要繼續縱容嗎？這種扭曲的愛是錯的。

「那些被偷走的百合也繁殖了。出現不少像結衣姐那樣的受害者。抱歉，我不能饒恕它們。請讓我來處置。」

忍從倉庫裡取出鐮刀。他不理會清野，逕自走向後院。他聽見清野在背後叫喚「忍先生，請等一下」，但他置若罔聞。以清野現在的身體狀況，還能怎樣？忍打算在她追上來之前，便料理好這一切。

忍無比氣憤，連他自己也不知道是為什麼。總之，不管用什麼手段，都得讓它們從這世上消失，他心裡如此盤算，往前奔去。只要它們消失就行了。到時候一定會……

有一種與他憎恨父親類似的情感，在催促忍這麼做。

田裡盈滿像在搖響鈴鐺般的聲音。那聲音急促地向忍叫喚道「忍、忍」。

花香緩緩勒緊他的脖子。他腦中變得模糊，昏昏欲睡。

離田壟不遠處的地方有一把園藝剪。應該是清野帶來的。若是如此，她應該也曾經想剪下這些花。

他握緊鐮刀，朝百合逼近。田壟上的百合，頻頻震動葉子。那模樣像極了生物害怕時的顫抖。忍不想聞到百合甘甜的香氣，於是他屏住呼吸，從身旁的百合開始一一割除。就像在割雜草那樣，隨手抓來就割，殺氣騰騰。鐮刀朝百合的莖部切下，輕快地發出唰的聲響。手中傳來的感覺，比想像中還要柔軟。就像割除一般的植物那樣，傳來青草的氣味。

好痛，好痛啊，忍，你是怎麼了？

傳來像少女般纖細的尖叫聲。那確實是百合傳出的聲音。

太可怕了。植物不應該講話。

忍任憑怒氣勃發，使勁揮動鐮刀。一邊揮舞，一邊落淚。小時候他踩死蟲子來發洩對父親的氣憤，現在的他一樣完全沒變。因為無比惱火，心中的悲戚也隨之加重。滿腔怒火無處宣洩，這是最教人難過的事了。不管他往何處發洩，都只是白費力氣。

一陣強風吹來，背後百合花發出的沙沙響聲，無比喧鬧。就像是數百個鈴鐺齊響。

他即將切斷最後一株。他手中握著剛割下的百合，氣喘吁吁。他正準備把花砸向地面時，有人按住他的手。他本以為是清野。

與之前母親勒他脖子時的觸感很相似。溼冷的手指也是。他轉頭一看，理應是人臉的位置，竟然是一朵花。這株位於中央，讓數百朵花一起盛開的百合，從後方近逼而來。而忍原本以為是手的部位，其實是花。

花瓣粗糙的肉疣，摩擦著他的手背。忍的皮膚表面收縮，手腳變得極度冰冷。眼前就像蒙上一層紗，視野為之搖晃。

那株中央的百合沉甸甸地擺動它全部的花朵。花朵深處那寬闊宛如王位扶手的花莖，正暗自蠕動。莖上的每一道皺摺都在蠢動，所以連結花朵的橫枝才會隨之搖曳。

異形的暗影覆蓋忍的頭頂。橫向扭曲生長的花莖，往前伸展至極限，靠向忍的頭頂。與其說是被百合的重量按倒，不如說是屈服在它的氣勢下。地面很柔軟，他的頭嵌入田壟的泥土裡。

一朵最大的百合花湊向忍的鼻尖。六片花瓣張至極限，看起來就像要一口咬向他。由於上頭沒長利牙，所以就算碰觸也不會有危險。瞧不起生物的人才會有這種想法。在幾分鐘前，忍也是這麼想。但現在近逼眼前的這朵花，即使沒有利牙，肯定也能讓忍當場斷氣。

忍用力閉上眼睛，那黏答答的雌蕊前端碰觸他的右眼。緊閉的眼皮被硬生生撐開。就像在對他說「好好睜開眼睛」。忍以為這根雌蕊會從他眼角鑽入，將他的眼球刨出。它就是有這麼強大的力量，才會如此肆無忌憚。

花色逐漸轉濃。原本是像淡淡的腮紅那樣，呈紫紅色，但轉眼已化為紅黑色。如同血液在血管內環繞，色素形成脈絡，在花瓣上擴散開來。顏色逐漸入侵花瓣的細胞。

忍無法轉移視線。

腦中發出警告聲，叫他不能繼續盯著看。猛然回神後發現，他的身體正升起一道從未見過的煙霧。紅色的煙霧。

好似水從皮膚上蒸發般。自己實際被花吸取後，他才知道身上在冒煙。力量不斷流失，肌肉逐漸萎縮。花的顏色愈來愈濃。望著這一幕，他感覺腦袋麻痺。百合的香氣好濃。花朵覆在他身上的觸感無比光滑，就像某人的肌膚一樣。是小時候摸過的母親觸感嗎？不對。有個人更像。比清野剛來這裡的時候還要更早，是她以前的肌膚。

忍伸手觸摸花朵。以前他曾伸手觸摸清野。對了。母親還在的時候，他就已見過清野。因為已是很久以前的事，所以忘了。一個溫柔地緊擁著他，感覺很落寞的人。一個他曾叫過媽媽的人。

百合為之怯縮。覆在忍臉上的花就此離開。視界變得開闊。忍躺在地上，全身虛脫無力。臉部旁邊的田壟映入眼中。他看見地上有好幾顆細長的白色石頭。

是骨頭。

那確實是骨頭沒錯。以前他曾撿過，但一直都沒發現。是因為腦袋無法接受這極度不具真實性的結果嗎？貓、小鳥，以及其他來路不明的大小骨頭，全埋在這裡，露出白色的外表。

骨頭仍剩下些許的有機物。雖已乾枯，化為泥土的一部分，但那明顯是毛皮。定睛細看後才知道，百合的根部是一片珊瑚林。一根像樹枝般的腳骨，可以看出原本淡紅色的皮膚。這是老鼠。老鼠那完整的肋骨，成為困住可憐昆蟲的小小捕蟲籠。裡頭的昆蟲已死，一碰觸忍呼出的氣息，瞬時化為沙粒。

哦，原來是這樣死的。

花朵再次靠近。要是再被它碰一次，肯定就完了，忍事不關己似地如此暗忖。現在掙扎也沒用了。

忍莞爾一笑。結衣說過，人就因為會死才美。如果最後只剩下白骨，或許這樣還是美。今天納骨的父親，他的骨頭在焚化場裡看起來顯得又白又潔淨。

逐漸遠去的意識，因唰的一聲而留住。那是切斷纖維的聲音，就像朝長得又硬又多絲的老秋葵一刀切下般。

清野站在百合對面。面無表情地站著，看不出眼望何物的清野，美得駭人。儘管已化為臉上覆滿細密皺紋的老太婆，頂著一頭濡溼白髮，但她還是一樣美。

「竟然對忍先生做這種事……壞孩子。」

清野手握鏟子。鏟子前端深深刺進百合的根部。

被切離根部的這株百合，緩緩傾倒。甫一倒落，花朵便被壓扁，散發出充滿惡意的香氣。從紅黑色的花瓣滲出有顏色的水分。

倒地的百合，花莖不住扭動。忍勉強站起身，離開百合。他手腳發麻，微微顫抖。「清野小姐」，連說話的聲音都在顫抖。

清野小心翼翼地拾起忍割斷的花。「很痛對吧。真可憐。」清野拂去塵土，將花抱在懷中。花朵頻頻向清野訴苦道「媽媽、媽媽，好痛啊」。清野這才望向忍。

「忍先生，請將井邊的臉盆裝滿水。」

那是不容分說的口吻。忍原本心想，要是清野嘴巴裂開，臉皮像花瓣那樣張開，對他喊著「你竟敢把我的孩子們砍斷」，那該如何是好？眼下至少她沒這麼做，令忍鬆了口氣。雖然鬆了口氣，但還是覺得害怕。

他依言而行，雙手顫抖著，以幫浦打水，朝臉盆裡裝滿水。清野隔了一會兒來到井邊，將花朵浸入水中後，走進倉庫。

百合們貪婪地吸著水，臉盆裡的水轉眼乾涸。忍不知如何是好，繼續打水將水裝滿。百合們發出嘰哩嘰哩的聲響，但沒說話。

清野拿來汽油桶和舊報紙。忍已沒力氣問她想幹什麼，就只是注視著她。

「忍先生，請借我打火機一用。」

又是不容分說的口吻。忍從懷中取出打火機，遞給了她。清野以虛浮的步履走向花田。忍也隨後跟上。他心想，得看清楚她到底要做什麼。

清野站在橫臥地上仍不住搖晃的百合前方。視線落向百合，神情就像在看著自己受傷慘重的孩子。百合似乎也抬頭望向清野。

「自己種下的果，就得親自收割才行。不論是善果還是惡果。」

百合就像同意清野說的話似的，沙沙沙地搖晃著花朵。

清野傾倒汽油桶，將液體倒在百合身上，臉上泛起淺笑。

打火機的火以驚人的速度包覆百合全身。百合燃起和花同樣顏色的火焰。白色和紅紫色搖曳的火焰。之前貯存在花裡的生命氣息，以及各種人們的鮮明記憶，就像全吐出來似的，冒出陣陣白煙。

被烈焰吞噬的一根枝椏朝忍伸了過來。那根燃燒的枝椏與清野的手明明是不同的事物，忍卻覺得它就像是自己之前無意識下揮開的那隻清野的手。

不行啊，忍先生。清野語帶訓斥地說道，擋在忍的面前。

「得和它永別了。」

樹枝停下動作，發出沙的一聲清響，就此落地。

花莖表面的薄皮剝落、迸裂。雪白的花朵這就此皺縮，像紙張著火般縮成一團。

在它化成灰飛上高空的瞬間，揚起極大的白色火焰。花在燃燒時伴隨著香味，香味仍勝過花莖和枝椏燃燒時的青草味，以及舊燈油的刺激性臭味。那是甘甜、嗆人的氣味。數百朵花化為數百道火焰，再次綻放、散落。

忍無法移開目光。燃燒的花淒美絕倫。百合的香氣已不再像屍臭味。

這是百合的火葬。

火焰在地表上蔓延開來。就像有導火線般，連忍的腳下也燃燒起來。花的根部也起火燃燒。火焰鑽過黑土間的縫隙，從地表冒出。很不可思議的一幕。宛如單色的極光從地面飄蕩而出。一路延伸至花田邊緣。腳下的火焰燃燒了一陣子，接著熄滅無蹤。

火焰消失，白煙也再也看不到後，清野蹲下身撿拾百合的殘骸。百合就像人類的骨灰般，已看不出原形，化為乾燥的灰屑。

「以前我住在這裡時，種下這孩子。」

清野斷斷續續地說道。

「你應該已不記得了。當時我幫你重新縫好玩偶，和你一起睡覺。你總是一邊撫摸我的頭髮，一邊叫我媽媽。你應該是搞錯了。不過我很高興。」

我還記得——忍很想這麼說。我才沒有搞錯呢。清野已變得衰老許多。儘管變老，但看起來還是一樣美。

「……我曾經懷疑妳會不會就是我媽。」

如果真的是我媽的話……忍說到一半，把來到嘴邊的話又嚥了回去。此時已多說無益。

清野落寞地回以一笑。如果真是那樣，不知道會有多幸福。我真想當你的媽媽……就是因為這麼想，才來到這裡。她以快要聽不見的聲音如此說道。

「我說……我媽媽的名字，我一直想不起來。妳可以告訴我嗎？」

清野頷首，將灰屑裝進袋子裡，往前庭走去。忍就像追隨母親的背影般，緊跟在後。月明如水，清野的頭髮閃著銀光。

來到玄關前，清野撿起一顆卵石，交到忍手上。

「你媽媽的名字叫那智。與這種叫那智黑[15]的石頭同名。那智。」

一聽到這名字時，彷彿世界整個翻轉。之前不管再怎麼伸長手臂也搆不著的事物。絞盡腦汁也想不出的母親名字，現在終於重新憶起。

沒錯。媽媽的名字叫那智。那智。那智。那智。

清野語氣平靜地說道。

「你媽媽生病過世了。在今年歲末的時候。其實我就是來告訴你這件事。」

15. 那智黑石是板岩的一種，產地為三重縣熊野市神川町周邊。

清野這句話，令忍緊握石頭的手就此僵硬。過世了。媽媽已經過世了？

清野語氣平淡地道出忍母親的過去。

離家出走後，她暫時棲身在清野家。

每次想到忍，她總會暗自哭泣。

後來她再婚，努力養育對方的孩子。

因為顧慮到再婚的先生以及孩子，她始終無法和忍聯絡。

忍微薄的希望就此幻滅。他再也無法和母親見面。不管再怎麼追求、祈願，這世上還是有許多無法實現的事。

清野就像在安慰小孩般，輕撫忍的頭。好溫柔的手。在忍開口說夠了之前，她一直不斷輕撫。

「我看起來這麼柔弱嗎？」

忍硬擠出一絲笑容，他在強顏歡笑。但他非這麼做不可。人們常說，就算沒有父母，孩子還是會自己長大。先人可真有真知灼見呢。他這樣說道，清野聽了，就像感到刺眼般，瞇起眼睛望著忍。

「你一點都不柔弱。真的。就算沒有父母，孩子還是會自己長大，說得沒錯。不過，請不要認為你是獨自長大成人，而感到傲慢。請不要忘了，有人心裡一直惦記著你，時時看顧著你。」

清野走進家中，重新換上喪服。她將泡在水中的花朵和花的殘骸裝進紙袋，對忍深深一鞠躬。

「妳要離開？」

明明知道，卻又故意這樣詢問。好歹說個藉口也好。同時他心裡也感到彆扭，覺得清野疼惜的是那些花，而不是他。

「抱歉，給你添麻煩了。我要好好看顧這些孩子。因為它們的母親已經不在了。這次我得當它們的母親。」

清野自始至終都是它們的母親。她說的話偶爾會矛盾，但卻又無比率直，雖然可怕，卻又溫柔。這正是忍在心中描繪，最令他憧憬的母親形象。

「再見了。」

忍很乾脆地對她說再見，連自己也感到意外。雖然心中一直有個聲音在大喊「我好寂寞、我好寂寞」，但他覺得現在不說，日後一定會後悔，所以他還是開口說了再見。

清野哭著推開大門。明明是夏日，卻有一道靜電的銀光劃過。

「孩子真是的，一下子就突然長大。明明應該高興才對，卻又感到落寞……謝謝你，忍先生。再見了。你每天都要好好吃早餐才去上學喔。家裡的雞蛋只剩四顆了。還有、還有……」

都這時候了，大可不必還這麼照顧我吧？

淡紫色的煙靄令他的背影變得朦朧。聲音遠去。清野抱在懷中的花朵發出的沙沙聲，也逐漸遠離，四周淨是悄靜的夜，彷彿打從一開始就什麼也沒發生過似的。

忍在原地駐足半晌，感覺宛如做了個好長的夢。

對了，其他的百合怎麼了？忍騎上自行車，四處查看那幾處百合花田。原本盛開的百合花，現在花瓣都已凋謝。每一株百合都已乾枯彎折。彷彿母體被燒毀時的熾熱也傳向了此處。

回到家中後，他再次到後院查看，發現烈火燒過的這片花田，已不剩一草一木。

空空如也。

百合田已經燒毀，令他鬆了口氣，但聞不到花香，也令他感到落寞。那明明是很可怕的東西，可是一旦少了它，卻又令人感到寂寞。

清野離去，百合沒了，忍終於意識到自己又變回孤零零一人。父親的遺骨已不在家中。母親也在他不知道的地方離開人世。如今家中空蕩蕩。父親死後，他第一次覺得待在家中備感孤寂。自己真的成了孤家寡人，有種被重重擊倒的感覺。

媽、爸。

今後得永遠獨自守著這個屋子。已經沒人會回來了。沒有家人同住，原來是這種感覺。忍在花田邊蹲下。這種感覺還真痛苦呢，忍心想。

正當他被孤寂打倒時，手機鈴聲響起。手機螢幕上顯示他朋友圈裡的一位學長的名字。

——噢，接了！最近都沒看到你露臉，大家很擔心呢。明天會來吧？我們去暢飲一番吧！我請你，要來喔！

這是學長的命令——隨著一句不合時代的話語，通話就此結束。這位學長雖然不太正經，卻是個好人。忍終於重新振作。世上還是有人關心我。人無法獨自生活。過去是如此，今後也是如此。

謝謝妳，清野小姐。再見了。

從明天起，我得靠自己起床。學長說要去喝酒，其實一定是參加聯誼。雖然覺得麻煩，但我還是穿體面一點去吧。

忍轉身走向玄關。將之前一直放在口袋裡的小石頭以及清野給她的小石頭，輕輕放回地面。

明天到花店買一朵百合回來吧。然後供奉在父母靈前。這並不是什麼特別的供養，就只是想這麼做罷了。

與母親同名的石頭，反射月光，看起來隱隱生輝。

*

末班電車一片悄靜。經由東京都內的海線電車，一節車廂內坐了五、六名乘客，默默前行。車輪的擠壓聲，就像怪異的喘鳴聲般，持續作響。

我手上紙袋裡的小東西們正喧鬧著。那是被切離根部，只有死路一條的小東西們最後的聲音。

花兒們和第一次坐電車的孩子一樣，興奮激動。雖然它們的元氣正一點一滴流失，但還是喧鬧不休。我把手伸進紙袋裡輕撫花兒。乖孩子，靜下來，安分點。花兒們格格嬌笑，向我回答道「是，媽媽」。

疲勞感包覆我全身。我的手中滿是這些可愛花兒們的氣息。自從燒掉百合後，我覺得好疲倦。

我把手伸進袋子中，再次撫摸著百合。話雖如此，我不知道自己為何會在這裡。我好睏。感覺好像擱下了某個重要的事物。我的腦袋被蟲啃了個大洞，連坐上電車前的事都朦朧不清。

孩子們嘰哩嘰哩、沙沙沙地響個不停。甘甜嗆人的香氣引人入眠。

媽媽。

花兒們悄聲叫喚著我。

什麼事啊？

我回應後，它們再次叫喚著「媽媽」。

乘客們都睡著了，像融入這甘甜的花香中一般。搖晃的電車感覺真舒服。每次它們叫喚我，我都會像在唱歌般回應。什麼事？怎麼啦？

月亮好美。在海上形成一條道路。我們想去那裡。

花兒從袋子裡探出頭來，望向窗外。不知道是什麼時候冒出來的。剛才我明明吩咐它們要安分的。要是別人醒來的話怎麼辦。雖然心中略感焦急不安，但我旋即改變念頭，心想，就隨它去吧。感覺沒人會醒來。醒著的就只有我和這些孩子們。

可以遠遠地望見大海。月光在海上形成一條長長的光束。花兒們沙沙沙的聲音無比悅耳，腦中迷迷糊糊。我在這種迷糊的狀態下，就像在對年幼的孩子說童話故事般，不斷對它們說話。

你們聽我說喔，月亮是要回海裡生產。流著淚，一天生四百九十九個人。所以海水才會是鹹的。

花兒們齊聲驚呼道「咦，真的嗎」。它們的模樣可愛極了，於是我繼續說謊。

我會一直待在你們身邊，一直和你們同行。不論去哪裡，不論多久。

末班電車在夜裡不斷往前疾駛，不管路過哪一站也不會停下。

得獎感言

倉狩聰

聽說有些人在作夢時，會發現「這是夢」，但自我有生以來，從沒有過這樣的自覺，發覺自己原來是在夢中。打從我接獲通知，知道我入選最後總決選作品的那一刻一直到今天，我都覺得自己彷彿做了一個好長的夢。

我總是在投稿後心想，丟臉的事過去就算了，就此忘了此事，這已成了我的習性。就像一個喜歡自曝其短的變態，平均每幾年就會上演一次醜態，接下來便投入日常生活中。「真是傷腦筋的怪癖啊」。我也總是事不關己似地如此感嘆道。

因此，當我接獲得獎通知時，我腦中馬上浮現以下這樣的胡思亂想。

一名過去只會在昏暗的夜路上嚇女人，以此獲得滿足的變態，不知道腦袋在想些什麼，某天突然一時興起，光天化日之下在大馬路上公開敞開大衣暴露。這時剛好有一群參加完學會返家的醫師在場，感到詫異，對他投注目光，他們你一言我一語地說道「哦，你是想請醫生看診的患者嗎？好吧，那我就幫你看一下。哎呀，這病例還挺有意思的。各位醫生也看一下吧。」「哦，還真的呢。不過，詳細情況得仔細檢查才知道」「那就先做個直腸指診吧」「喏，快把大衣脫了吧」，在眾目睽睽下開始進行直腸指診。

變態道：「我很開心，但拜託不要看！」

……連我自己都覺得很蠢。

寫作本身一直是一種問心有愧的歡愉，甚至帶有罪惡感。到底是對誰存有這種感覺呢？

這次榮幸獲獎的《蟹膏》，就是我用來表明決心的作品，不管別人再怎麼說這部作品罪孽深重，我也要寫，想要繼續地寫下去。謝謝各位對拙作的賞光。

最後，我要向擔任評審委員的各位老師、各位評論審查員、編輯部的各位，以及推動此次頒獎活動的各位，誠心獻上我的感謝之情。也由衷感謝您看完這篇文章。

國家圖書館出版品預行編目資料

蟹膏 / 倉狩聰著 ; 高詹燦譯 . -- 初版 . -- 臺北市
: 皇冠 , 2015.11
　面 ;　公分 . --（皇冠叢書 ; 第 4510 種）
（奇 · 怪 ; 16）
譯自 : かにみそ
ISBN 978-957-33-3195-7（平裝）

861.57　　　　　　　　104021559

皇冠叢書第 4510 種

奇 · 怪 16

蟹膏

かにみそ

作　　者—倉狩聰
譯　　者—高詹燦
發 行 人—平雲
出版發行—皇冠文化出版有限公司
台北市敦化北路 120 巷 50 號
電話◎ 02-27168888
郵撥帳號◎ 15261516 號
皇冠出版社（香港）有限公司
香港上環文咸東街 50 號寶恒商業中心
23 樓 2301-3 室
電話◎ 2529-1778　傳真◎ 2527-0904
總 編 輯—龔槵甄
責任編輯—許婷婷
美術設計—王瓊瑤
著作完成日期— 2013 年
初版一刷日期— 2015 年 11 月

法律顧問—王惠光律師

讀者服務傳真專線◎ 02-27150507
電腦編號◎ 512016
ISBN ◎ 978-957-33-3195-7
Printed in Taiwan
本書定價◎新台幣 260 元 / 港幣 87 元